JN080482

黒革ヒップを追え

◆◆◆

綿引 海

Umi Watabiki

紅文庫

目次

装画　佐藤ヒロシ
装幀　遠藤智子

黒革ヒップを追え

第一章　伝説の尻

1

早朝の霧を、山頂の冷たい風が吹き飛ばす。

黄金色のススキに囲まれた駐車場には、和樹《かずき》のバイクが一台きりだ。

アスファルトのいたるところに黒いタイヤ痕《こん》が残っている。ドリフトの練習跡だ。四輪は深夜走る。対向車がいてもライトですぐにわかるし、交通課の取り締まりも少ない。

夜明けが近づき、四輪の連中が峠をくだると、二輪の時間だ。

ライトを点《つ》けなくても路面が読める明け方から、路線バスが走り出す七時四十分まで。それが和樹にとって、楓《かえで》ラインで最良の時間だ。

黒に金のラインが入ったヤマハＲＺ２５０。まわりからはポンコツ扱いだ。

一九八六年はバイクブームのまっさかり。誰もが毎年のようにより速く、過激な新車に買いかえるのが普通だった。

アルバイト先の先輩から安く譲ってもらった和樹のＲＺ２５０は満身創痍《まんしんそうい》だ。タンクはへこみ、メーターケースは削れ、フロントフェンダーは割れている。折れたウインカーはガムテープで巻いてなんとか固定した。六年前のデビュー当時はヤマハの名車と呼ばれ、高性能からナナハンキラーと讃えられたスマートなＲＺの優雅さは残っていない。

とはいえ、エンジンも足まわりも、自分できっちりメンテナンスしている。だが外装を直す金も、その気もない。峠を走っていれば、転倒は日常茶飯事だ。

山頂を通り抜ける風に、パン、パンという2ストロークエンジン特有のアイドリングの音が混じる。

山の上で気圧が低いから低回転は安定しない。

けれど、和樹は気にしない。走り出せば低回転は使わないし、攻めるのは頂上よりずっと標高が低くて、タイトコーナーが続く楓ラインだ。

（いくか）

転倒傷ばかりのホワイトのフルフェイスヘルメットは、缶スプレーで塗ったグリーンとブルーのラインが目立つ。

シールドをさげる。サングラスみたいなスモークシールドは選ばない。

明け方から早朝に走るには、真っ暗なうちに自宅を出なければならない。だから和樹は、いつも透明のクリアシールドを使う。走り出す前に、革ツナギの膝《ひざ》にガムテープで固定した、潰《つぶ》したアルミ缶がずれていないかを確認する。

十六歳になるのを待って、とんでもなく混んでいた教習所に通って中型二輪免許を取った和樹が、バイクより先に手に入れたのがジャパンスピードの革ツナギ。白とブルーの単純なデザインで、峠の先輩にはとんだ安物だとバカにされた。だが転倒上等でコーナーに突っこみ、限界までバイクを寝かすプッツン野郎とまで言われる乗りかたで、楓ラインでも五本の指に入る速さに育つと、からかう先輩はいなくなった。今では茶色い布ガムテープで補修したボロボロのツナギは、RZのカズキのトレードマークだ。

メーターに埋めこまれた水温計は中間あたり。十分に温まっている。スロットルグリップをゆっくりひねる。

イノウエのチャンバーの先で震えるサイレンサーから吐き出されていた、ポップコーンが爆《は》ぜるような排気音が、金管楽器を思わせる連続した和音に変わる。

転倒して曲がったままのクラッチレバーを握り、シフトペダルを踏む。

和樹がスタートする寸前に、クジラみたいに大きな塊が視界を横切った。

「うぉっ」

ゴオッという低音と、テールランプ以外真っ黒の巨体が、とんでもないペースで楓ラインの下りに飛びこんでいく。

土日のほかに、高校の一限目が出席を取らない水曜の早朝と、週に三回、この峠を走っている和樹にも見覚えがない、カワサキの古いナナハンだ。

(たしか……カワサキのZ750FXだったな)

角ばったデザインでスポーティだが、中身は七〇年代から変わっていない。最新のナナハンに比べれば重くて遅く、牛みたいな車種だ。

けれど、和樹のRZの前を横切った750FXはかなりのハイペースだった。ライダーはちらりと和樹を見た。クリアシールドごしに瞳がきらりと光った。

(あれはツーリングライダーじゃないな。おもしろいぞ)

峠を攻める人種特有の、ピリピリした雰囲気が漂っていた。

和樹の判断には一秒もかからない。

地元では常勝のRZが、フロントを浮かせぎみに飛び出し、黒い影を追う。

前を走るFXのライダーは、ヘルメットから革のジャケットにパンツ、そしてブーツまで黒一色だ。

轟音《ごうおん》といっしょに、巨大な車体が傾く。

（大型のくせに、すげえ改造《イジ》ってるな。なんだ、こいつ）

ナンバープレートを水平に取りつけて、後方から読み取れなくしている。白バイから逃げる気満々だ。

消音効果などない太くて短い集合マフラーがタイヤの脇から突き出している。ステップ位置が高い。深く寝かせてコーナーを攻めるのに特化している。

後方から迫るＲＺの姿をミラーで見ているようだ。

すぐ先は、右のタイトコーナーだ。

ＦＸのライダーはブレーキをかけない。

（バカか。コースを知らないんじゃないか）

まずい。突っこむと和樹が心配した瞬間、四角いテールランプが点灯した。瞬間、ＦＸの巨体がぐらりと揺れる。

内側に突き出した膝がコーナーのイン側を向く。

ゴオオッという爆音を残して、大クジラがコーナーを抜けた。

（ナナハンなのに無茶しやがる）

一九八六年。大型二輪免許は狭き門だった。

当時は教習所で取れる免許が中型二輪まで。400cc以上の限定解除は、偏屈な試験官の前で、乗車技術だけでなく礼儀やら服装までチェックされてようやく大型バイクに乗ることができた。

だから大型バイク乗りはジェントルで堂々としていて、しかもバイクはノーマルのまま、改造などせずに磨きあげられているのが普通だ。

和樹のような峠を攻める若い連中とはまるで違う。むしろ峠を攻める少年には「サーキットに行きなさい」「本当のバイクの楽しみかたはスピードや抜き合いではないのだよ」と咎《とが》めるような視線を向けるのが普通だった。

前を走るFXのように過激に改造し、爆音を轟《とどろ》かせる大型は希少種だ。

タイトコーナーに続くのは長い下りの直線だ。和樹のRZは軽くてコーナーでは有利だが、パワーに勝るナナハンには直線で置いていかれるだろう。

ところが先行するFXのライダーは、和樹の加速を確認するように直線の速度を控えてくれる。通りすがりの和樹とのバトルを楽しんでいるのだ。

続いてゆるいS字。ここはブレーキングを遅らせてコーナリング勝負。RZが得意なポイントだ。

先行するＦＸのライダーは姿勢を低く、腰を左右に振って巨体を切り返す。暴れ牛を御すカウボーイみたいに華麗な技だ。

とはいえ、和樹のＲＺはＦＸより軽量だ。ブレーキングで一気に差をつめる。高回転でのＲＺの音を背後に聞いた黒ずくめのライダーが、ぐっと腰をイン側に落とした。

黒いジーンズタイプの革パンツの膝が、コーナーの頂点に向く。ぴっちりと黒革に守られた太ももが開く。そして光沢のあるレザーに包まれたまるみがシートからずれる。

「えっ……女？」

フルフェイスの中で声が出た。

巨体のナナハンを下りのタイトコーナーでねじ伏せるのは、きゅっと締まった丸尻だった。

和樹みたいな童貞は漫画雑誌のグラビアや、悪友どうしで海水浴場で遠くから眺めたことしかない、大人の女性の尻だ。

艶《つや》やかなブラックレザーにぴっちりと覆われた柔らかそうな尻が、きゅっと筋肉を浮かせてバイクを寝かせたかと思うと、加速に合わせてシートに荷重をかけ、柔らかそうに揺れる。

（すげえ。エロいっ）

尻にばかり気を取られていたが、黒いヘルメットから出た長い黒髪は、風ぐるまみたいに暴れていた。ダブルの革ジャンの胸も重そうにふくらんでいる。

もうすぐ楓ラインの難所、左の見学コーナーだ。巻きながら奥できつくなるアウト側に広い芝生《しばふ》エリアがあるので、休憩しながら、峠を攻めるほかのライダーのフォームを品定めするから見学コーナーと呼ばれている。

（もっと低く。インに寄せて、内側からあの尻を見たい）

和樹はブレーキングをいつもよりわずかに遅らせ、ＦＸのインに飛びこむ。憧《あこが》れの尻まで数メートル。

和樹がイン側に向けて落としたツナギの膝で、ガムテープで固定したアルミ缶がカリカリと音を立てる。

コーナーから立ちあがる方向に視線を向けるのがバイクの基本。だが彼女が気になって、左にバンクしたまま、つい右を見あげてしまった。

見事なヒップラインが朝陽《あさひ》を浴びている。

前に視線を戻すのが、一瞬だけ遅れた。

（まずい。オーバースピードだ）

曲がりきれない予感に、和樹はさらに腰を内側に向けようとする。タンクの角に、ツナギが引っかかった。

「やべえっ」

尻を凝視して、コーナリング中に勃起していたのだ。

（しまった。ケツがイッた）

女のケツを凝視したまま後輪《ケツ》が滑り、シールドごしの視界が灰色のアスファルトだけになる。

食器棚を倒したみたいな音が、ツナギに押しこめられた勃起に響いた。

2

下りでスピードが乗っていたものの、早朝だから対向車がいなかった。

路肩が石垣ばかりで、転べば逃げ場のないコーナーが多い楓ラインで、この見学コーナーはアウト側に砂利と芝生のスペースがあったのも幸いした。

リアタイヤを滑らせたＲＺは火花を散らしながら砂利に突っこみ、和樹は身体の左側をアスファルトに擦《こす》りながらバイクに続く。柔道の横受け身だ。中学で柔道部だったのが、こんな場面で役に立った。

（ちくしょう。やっちまった）

アスファルトに擦れて、ヘルメットのシールドが真っ白に傷ついている。あお向けに倒れたままグローブとヘルメットを脱ぐ。立ちあがろうとした和樹の前で、ゴゥッと低い排気音を響かせて、黒い巨体が停《と》まった。

自分を追いかけていたＲＺが転倒したのに気づいて、Ｕターンしてきたようだ。近くで見る彼女のＺ７５０ＦＸは傷だらけだった。

大口径のケーヒンＣＲキャブレターや無骨なオイルクーラー、うねったレース用のモリワキ製集合マフラー。バンク角を稼ぐためか、極端にリアサスペンションを伸ばしていた。フロントには雑誌のレース記事でしか見たことしかない、イギリス製のマグネシウムホイールを履いている。

化け物みたいなバイクだ。

「大丈夫？」

黒いフルフェイスのシールドが開き、涼やかな女の声が聞こえた。

身体は無傷だとわかっていても、和樹には答える余裕がなかった。

（うおっ、超スタイルいいじゃん）

彼女の姿に見惚《みと》れていたのだ。

巨大なナナハンを自在に操る女性と聞いたら、多くのライダーは洋画ＳＦに出てくる女戦士か女子プロレスラーみたいな体形を想像する。けれど彼女がバイクを降りるときに跳ねあげた片脚はびっくりするほど長く、細かった。

水風船みたいに張ったヒップは迫力満点で、腰はぎゅっとくびれている。ダブルの革ジャンの裾《すそ》が持ちあがって、おいしそうな脇腹の肌が一瞬だけ見えた。

ヘルメットを脱いだ。

艶やかな長い髪が風に揺れる。美術の教科書に出てくるみたいな女性だった。

切れ長の目と、意志の強そうな上向きの細眉はきつい印象なのに、唇は真ん中だけ厚く、柔らかそうだ。そして浮かんだ微笑《ほほえ》みは、聖母みたいに優しい印象だ。

（なんていうか、大人で、凛々《りり》しくて……憧れるな）

和樹が女性をかわいいとか、セクシーだとかではなく、格好いいと感じたのは、はじめてだ。

十七年の人生で、いちばん好みの顔だ。

びぃんっと肉茎が育ってしまった。

「キミ、転びかたがうまいから平気そうだけど」

砂利の上にRZが転がっている。ふたりの視線の先で、腹下に二本、黒いさつまいもみたいなチャンバーを斜め上に向けた無様な姿だ。気化したガソリンが熱い排気系に触れたら燃えかねない。

彼女は和樹に近寄る前に、まずRZを起こしてくれた。人間よりもまず火災を心配したのだ。バイク乗り、それも峠を攻めるライダーらしい優先順位だ。

「はあ。特に打っては……あうっ」

立ちあがろうとして下半身に痛みを感じた。正確には下半身のよけいな突起だ。

「ちょっと。動いちゃだめよ」

女性は和樹の脇に座る。

「あっ、いや、大丈夫だから」

「いいから見せなさい。これでもわたし、ナースなのよ」

レース用の、サイドファスナーのグローブから現れたのは、チューンドバイクの重いクラッチレバーやレース用キャブレターの硬いスロットルを操作するには華奢《きゃしゃ》に見える、優美な手だった。

新しい擦り傷が増えたツナギのファスナーを引きおろされる。

手首からではなく肩から袖《そで》を抜き、背中側に引き剝がされた。彼女がナースだと言ったのは本当らしい。タイトな革ツナギを脱がせなれている。中に着ていたTシャツの裾も胸まで一気にまくられる。

黒革のワイルドなウエアだけでなく、純白のナース服もきっと似合うだろう。

彼女に看護されて「大丈夫ですよ」と微笑まれたら、どんな重症患者だって安心するだろう。

「待って。怪我《けが》じゃないけど痛い。痛いってば」

和樹は身悶えした。

「出血はないわね。動かないで」

ぐいっとツナギを太ももまで引きおろされた。

「違う。待って。引っかかって痛いっ」

トランクス一枚の下半身がさらされる。

ぶりんっ。

グレーのトランクスの前開きから、桃色の童貞亀頭が飛び出した。ぱんぱんに張りつめて、トランクスの生地に収まらなかった。

(恥ずかしいっ)

そもそも転倒の理由が、先行する彼女の尻に見惚れて勃起したせいだ。

十七歳の高校生には、黒革に包まれた女性のシルエットやジャケットの裾から見えたウエストのくびれ、そして真横に座られたときに嗅いだ、革のウエアに蒸された肌の香りのほうが衝撃的で、転んでも勃起が鎮まらない。

「うう、すみません。これは……その、あの」

どぎまぎして、顔が熱くなる。

場所もわきまえずに勃起した雄キノコを隠したいのに手が動かない。彼女の視線が肉茎を射貫《いぬ》いているからだ。

意外にも、彼女は悲鳴をあげたり怒ったりはしない。

「まったく、転んでも後悔すらしないのね」

呆《あき》れたような口調で、ふふっと唇に指を当てる。

「少なくとも……元気ではあるみたいね」

「うう、平気ですってば。峠を攻めてたら転ぶのだって当然だし」

口ではいきがっても、下半身をにょっきり勃《た》てたままでは格好がつかない。

「峠で誰かといっしょに、いいペースで走ると、お互いの気持ちがなんとなく通じるじゃない。だから気がついたの。キミの視線、コーナーの出口や路面じゃなくて、わたしのお尻にばかり向いてたでしょう。だから、転ぶのよ」

ま後ろを見ていたかのように当てられて、和樹の顔は爆発しそうに熱くなる。

「公道で転んだら、簡単に死んじゃうのよ。まだキミが知らない、バイク以外の楽しいことも経験できずに」

年上女性にたしなめられて、和樹は唇をへの字にする。

(俺にとっては、バイクと峠がいちばん楽しいのに)

とはいえ、現に転んでいるのだから反論できない。

ツナギを脱がせたナースの指が、Tシャツの上から腹を撫《な》でる。

なにをしようというのだろう。和樹の全身が緊張する。

「そうね……試しに教えてあげる」

「ひゃうっ」

しなやかな指が、トランクスのウエストから入りこんで勃起を握った。

「は……あううっ」

はじめて他人に触れられた。未知の快感が走る。

「バイクで死んだら、こんな楽しいことも経験できないのよ」

和樹の反応を楽しそうに見守りながら、手を肉茎から亀頭の裾に這《は》わせる。

「はああっ、チ×ポがしびれる……うひぃぃ」

竿《さお》を撫でられるだけで、握られてもいないのに一日二回のオナニーよりはるかに気持ちがよくて、情けない声が漏れる。

トランクスの奥で陰嚢《いんのう》がきゅっと収縮する。

「どう？　お姉さんにいじられるのも嫌いじゃないでしょう」

悶える童貞をからかった、柔らかな手がぴたりと止まる。

ただ寸止めするのではなく、次には亀頭の裾をやわやわと揉《も》んでくる。男性器の扱いに慣れた愛撫《あいぶ》だ。

「うう、気持ちいいよ。続けて……お願いっ」

「じゃあ、約束して。峠ではよそ見や無茶はしないこと。それから……本気で走るときには、絶対に転ばないって」

脇に座って上体を倒し、和樹に覆いかぶさる。逆光になった彼女の顔で、瞳だけがきらきら輝いていた。

「立ちゴケやもらい事故は仕方ないわ。でも、峠では限界を超えないように走るのが基本だし、いちばん速いのよ」

和樹の理性はガス欠、射精欲求は満タンだ。

「わかったよ。約束する。よそ見はしない。無茶して転ばない。だから……続けてくださいっ」

生意気な十代が怖い先輩以外に敬語を使うのは、追いつめられた証拠だ。うわずった声で懇願する和樹に、優しい視線が注がれる。

「いいわ。転んだくせに元気なキミに、お姉さんが約束の指切りをしてあげる」

トランクスを両手でつかまれ、一気に引きおろされた。

自由を得た肉茎が、ぶるんっと頭を振る。

和樹の尻の下は砂利だというのに、性器以外の神経は働かないようで、尻の痛みが気にならない。

「峠を攻めながら興奮できるなんて、キミもわたしと同じ人種なのかな」

独り言といっしょに、甘い吐息が亀頭を湿らせる。

(この人も興奮しているってことか？)

彼女の言葉を理解する前に、新鮮な快感に襲われる。

いつの間にか漏れていた、透明な先走りのオイルを指の股《また》にからめると、彼女が肉茎を優しく握った。

「は……あううっ、チ×ポがビクビクする」

女性の肌が、これほど柔らかくてきめ細やかだとは知らなかった。敏感な肉冠の縁に指が触れただけで、にちっ、にちっと先走りの露が漏れる。女性は指紋の段差さえ自分の指より浅くて優しいようだ。

五指が肉茎をゆっくりとしごきはじめた。

「あ……あううう、気持ちいいっ。すぐに出ちゃうっ」

格好をつけても十七歳の童貞だ。

勃起をしごかれれば声は裏返り、腰を突きあげてしまう。

「すてきな反応ね。うれしい。どきどきする」

彼女の顔が勃起に迫る。

「ん……ふ。気持ちいいことを、もっと教えてあげる」

ピンクの唇がキスをするように開く。

尿道口からぷっくり盛りあがった滴を、すぼめた唇でふうっと吹いた。

「あああ、お姉さんっ」

亀頭がじいんとしびれて、視界がとろける。

ソフトクリームを舐《な》めるみたいに唇が開く。

（まさか……まさかっ）

まだインターネットなどない時代だ。

和樹はモザイクだらけのエロ雑誌で、フェラチオという行為を知ってはいた。

だが峠を攻めにきて、はじめて出会った年上レディにペニスを舐められるなど、想像をはるかに超えていた。

とぷ、ぷりゅっと濃厚な先走りがあふれる。女性に舐められると想像しただけで、射精への加速がはじまったのだ。

「ああん……とろとろだね」

唇を割った舌が、ちろりと尿道口に触れた。

「あ……あう、ほひいぅ」

もう言葉を発することもできない。

舌を出したまま、亀頭を咥《くわ》えられた。

「ん……はあん、とっても……硬くて、お汁が苦い」

女の唇は柔らかくてひんやりと冷たい。

舌が尿道口をつつき、唇が亀頭の裾をきゅっと締める。

手が肉茎を強めに握り、上下に動かして包皮ごと亀頭の裾を刺激する。

「あひ……あひいいっ、漏れる。出ちゃいますぅ」

和樹は限界だった。

「がまんしなくていいよ。バイクと同じ。無理したって楽しくないもの。出したくなったら、いつでもイッて」

先走りを潤滑油にして、童貞の未使用ピストンをちゅく、ちゅくとしごかれる。

「はい。はひぃぃいっ」

和樹が必死でうなずくと、肉茎を握る力が増した。

唇が亀頭をついばみ、舌が敏感な肉冠を這う。

ちゅぷっと音を立てて、唾液まみれの舌が尿道口を優しく突いた。

下腹の奥で圧縮されていたハイオク精液に、フェラチオで火花が飛ぶ。

「あ……ううっ、イク……出ちゃうぅ」

どく……っ。どぷうっ。

熱を帯びた大量の若雄オイルが、勢いよく飛び出す。

肉茎がロケットになって飛んでいきそうな快感だ。

「んく……ふ……んん、んっ」

放出された濃厚な雄液を口中で受け止めた彼女が目をまるくしている。

「く……ほおおっ、まだ……出る。止まらない」

「んふ、んんんっ、たくさん……んんっ」

放出が終わると、彼女はようやく肉茎から口を離した。

しばらく斜め上を向いてから、こくんと喉を鳴らして若い雄液を飲みこんだ。

「すごい量。濃くて、苦くて……熱い。おかしくなりそう」

唇の端に残った白濁までぺろりと舐める。瞳が輝き、頬《ほお》が赤い。彼女の革ジャンの胸元のファスナーが、いつの間にか全開になっていた。

「ああ……すごい。お姉さんの手も、お口も忘れません」

射精して、ようやく人間の言葉を発せられるようになった和樹の頬を、さっきまで雄肉をしごいていた右手が包む。

「そうかしら？　キミはまだ……満足していないみたい」

たっぷりと射精を終えた直後だというのに、十七歳の肉茎はリベンジとばかりに硬さを増していた。

3

はじめてのフェラチオから口内射精へ。

快感のあまり暴れた和樹のツナギは完全に脱げてしまい、まくれたTシャツの裾から、太ももまでまる出しだ。

「あんなに濃いのをたっぷり出して、まだカチカチだなんて。元気なんだから」

精を放ったばかりの肉茎は、生々しい雄臭さと湿気を放っている。

「キミの視線が……熱い」

あお向けに寝た和樹を見おろしながら、彼女が重そうな革ジャンを脱いだ。

女の体香が、早朝の空気をピンク色に染める。

「あんなのを食べさせられたら、おかしくなっちゃう」

革ジャンの裏地についたタグに「岡本有紗《おかもとありさ》」「Rh＋A」と書かれていた。事故で意識をなくしても、名前と血液型がわかるようにというレース由来の工夫だ。

アリサという洋風の名前が彼女に似合っている。

「有紗さんっていうんだ」

「目ざといんだから」

和樹の頬を、柔らかな手が撫でる。指輪はしていない。爪《つめ》はきちんと整えられ、マニキュアもしていなかった。たしかにナースらしい清潔な手だ。この手が峠の下りで重量級のナナハンを振りまわしていたとは信じられない。

同じ手が童貞ペニスをしごき、はじめて他人からの射精を経験させてくれた。

有紗の革ジャンの下は白のタンクトップ一枚だ。おまけに裾がやたら短い。深く刻まれた小さなへその影もたまらない。

和樹の視線は、タイトなタンクトップのふくらみに向いた。

ノーブラのようだ。上を向いたバストの頂点がちょんととがって生地を押しあげる。生地一枚の向こうに女の突起があるのだ。

(あれが有紗さんの乳首か。なんてかわいいんだ)

朝陽を浴びて、ピンクの粒が透けているような気がする。

革ツナギから抜けた和樹の手が、無意識のうちに有紗の胸に向かった。

「今度はおっぱいに夢中？　転んだくせに元気なんだから」

脇に座る有紗が、童貞少年の鼻をちょんとつついた。

「本気でバイクに乗るときは、ブラジャーが窮屈なの」

無遠慮な少年の視線をノーブラのふくらみに浴びて、頰を染めている。

「でも、だめよ。ここで胸を出して、誰かに見られたら通報されちゃうもの」

自分が和樹を裸に剝《む》いたくせに、有紗は心配そうに道路を振り返った。

まだ夜は明けたばかりだ。和樹が転んでから、まだ車は一台も通っていない。

楓ラインは峠好きのライダーからは聖地扱いされているが、地元民にとってはカーブばかりで時間のかかる、使い勝手の悪い道なのだ。

「おっぱいよりも、もっといいものを見せてあげる」

有紗は使いこんだレーシングブーツのサイドにあるファスナーをおろした。

ブーツが脱げる。地味なグレーのソックスが、気取ったパンストや素足よりも、むしろいやらしい。激しいライディングのあとだ。きっと顔を埋《うず》めたら、甘酸っぱい匂いが染みついているだろう。有紗のつま先の味を想像した瞬間に、和樹の尖端《せんたん》からとろりと先走りのオイルがにじんだ。

「峠で転んで死ぬより、生きていてよかったって思える経験をさせてあげるね」

有紗が黒革パンツのファスナーをおろす。ちいっという金具の音が和樹をあおる。

有紗は立ちあがって和樹に背を向けると、革パンツをおろす。ぎいっ、ぎしっと革がきしむ。

革パンツを脱いだ有紗の下半身は、まるで女神像だ。

細身の脚とまるっこい尻肉。そのヒップを半分だけ隠していたのは、真っ赤なTバックのセクシーなショーツだった。

「ああ……有紗さんのパンティ、エッチです」

腰にまわされたのは一本のひも。尻の谷間に埋まっているのは極細のクロッチという過激なデザインだった。

背中を向けた有紗が、あお向けの和樹の腹にまたがる。

ひんやりした太ももが和樹の腰をぎゅっと挟む。自分が有紗の愛車、Z750FXになった気分だ。

「あったかい。キミ、体温が高いね」

有紗はがちがちに勃起した肉茎を見おろして黒髪をかきあげた。

軟式のテニスボールみたいにまるく、つるつるの丸尻に挟まれた谷間から、Tバックの生地がずれる。

「は……あん。濡れちゃってる」

真っ赤な下着のクロッチが陰裂から離れるとき、にちゃっと水音がした。

最初に目に入ったのは肛門だ。陽に当たらない白い渓谷の底に、枇杷《びわ》の尻にも似た、放射状の皺《しわ》が薄紅色に埋まっている。

(女の人にも、男と同じ穴があるなんて)

和樹の視線を浴びたすぼまりが、イソギンチャクみたいにきゅっと縮んだ。

（有紗さんのお尻の穴、かわいい）

「もう……どこを見てるのよ、ばか」

有紗が振り返って唇をへの字にする。

童貞を翻弄《ほんろう》する大人のくせに、肛門を見られると赤面した。

「キミは女の人のを見たことがないのよね？　記念になればいいけど」

奔放な口調だけれど、細い指は震えている。

「もっと奥……有紗さんのオマ×コが見たいです」

自分が童貞を卒業する場所を目に焼きつけておきたい。

有紗がTバックショーツを尻の山にずらしたまま腰を浮かすと、革ジャンの金具がしゃりりんと鳴った。

「うう……これがオマ×コ。いやらしいっ」

赤紫の羽根飾りが左右にあり、その中心にピンク色の唇が縦に刻まれている。

挿入すべき穴は、磨いたサンゴを思わせる襞《ひだ》の重なりの奥にあるようだ。

「あは……おチ×チンがビクッって跳ねた」

はじめて目の当たりにした女性の陰裂は、とても複雑なつくりだった。

縦割れの唇の前端に三角帽子みたいな小さな山があり、その向こうには縮れた黒い毛が揺れている。

激しいライディングで、革パンツの中は蒸れていた。かすかに漂う生々しい獣臭が男を惑わせる。

なにもかもがぐっしょりと濡れていた。

「うう……きらきら光ってる。これが……愛液」

童貞の腰にまたがった有紗の背中が日光を浴びている。

「峠で楽しいバトルができると、ぐっしょり濡れるの。秘密だよ」

童貞の視線が有紗を刺激するようだ。桃色の肉唇からじわりと新鮮な花蜜がにじんだ。

下腹に刺さりそうな勃起に、有紗の手が触れて真上を向かせる。

しなやかな指が肉茎を撫でただけで快感が走る。

「キミのはじめて、いただくね」

ぬちっ、と淫《みだ》らな水音が亀頭を包む。

とても柔らかくて温かい粘膜に、亀頭を抱かれた。

「はううっ、すぐに……イッちゃいそうですっ」

「ふふ。イッてもいいのよ。がまんしないでね」

有紗はゆっくりと腰を落とす。

4

鋼のように硬い若肉が、ぬるぬるの柔肉に包まれた。

はじめて味わう、女の内側の感触だ。

異物を拒む膣口の抵抗感と、男を誘う膣道の襞の吸いこみがたまらない。

「く……あああっ、これが女の人の中……すごく気持ちいいっ」

童貞ピストンがオイルたっぷりの女のシリンダーに受け入れられる。

自分の手や、さっき体験したばかりの有紗の唇とは違う、もっと優しくて窮屈で、泣きそうなほど心地よい空間が膣口の先に拡《ひろ》がっていた。

肉茎全体を包んでぎゅっと絞るような抵抗感がたまらない。

無数の襞が童貞の敏感な穂先を迎えてくれる。

「すごく……ううっ、とろとろで……はふぅ」

和樹ははじめての挿入の快感に夢中になって、まともに言葉が発せない。

一ミリずつ、女の奥に雄肉が呑《の》みこまれていく。

童貞を卒業した実感がわいてくる。

「あううぅ、有紗さんの奥から吸われてる」

背面騎乗でつながっているから、有紗の顔は見えない。

「有紗さん、どうしてうしろ向きなんですか」

長い髪や、赤いTバックショーツに飾られたまんまるヒップが魅力的だし、腰の動かしかたもわからない童貞には、女主導の騎乗位が安心できる。

けれど背中を向けられて、相手の表情がわからないのは不安だ。

「ううっ、俺に顔を見せてほしいのに」

「だって……してるときの顔は見られたくないの」

にちゃにちゃと音を立てる姫口や肛門までさらしているのに、顔は隠したがる。

年下の童貞ごときの挿入で感じてしまっては恥ずかしいというのだろうか。女性の心理とは不思議なものだ。

「あん……硬い。く……はあ」

有紗の声が一オクターブ高くなる。

男性器を受け入れる膣道の圧迫が絶妙だ。

亀頭冠がこりこりした段差を撫でながら侵入していく。

はじめてなのに、懐かしいような感触だ。

和樹を含めて、人間はこの産道を通って誕生する。そして男は成熟したら勃起肉を使って、産道の奥に恩返しの快感を与える運命なのだ。

(チ×ポって、この穴に入るための形だったんだ)

弓なりの肉茎が膣奥までずんっと深く沈む。

竿根まですっぽり、温かな女の柔筒に包まれている。

「は……んっ、わたしの中で暴れて、ぞりぞりされてる」

和樹にまたがった、赤いショーツの尻がゆっくりと上下する。

750FXのように重いバイクを操うには、腰を使った体重移動が大切だ。

(くうっ、俺をバイク扱いしてる。チ×ポが震えるっ)

革ジャンから見え隠れする細腰が、和樹を翻弄する。

「あん……キミのコレ、好きなところを削って……んんっ、ああん」

ぎしっ、ぎしっと革ジャンを鳴らして有紗が悶える。

黒髪が朝の空気に揺れ、結合部からあふれた女の花蜜が和樹の陰嚢を濡らす。

肉茎の穂先が、膣道よりもこりこりした粘膜に触れる。

「は……ああん、届く……当たるぅ」

穂先で粘膜の天井を突かれるのがうれしいらしい。

もっと深くつながれるように、和樹も腰を下から浮かせると、有紗はああんっとかわいい吐息を漏らしてくれた。

ふくらんだ亀頭で突き当りをこねるように動かす。まるい尻肉に、汗の小粒がきらきらと光っていた。

（俺のチ×ポで有紗さん喜んでくれる）

初挿入で女性に快感を与えられた。和樹は高揚する。

「もう……はじめてなのに生意気ね」

有紗が肩ごしに和樹をにらむ。瞳が潤み、頬が赤い。

バイクを降りてきたときの、勝ち気なお姉さん然とした雰囲気とはまるで違う、悩ましい表情がたまらない。

膣内に埋まった肉茎から、びゅるっと先走りの露があふれたのがわかる。

「キミの、わたしにぴったりなの。硬くて、熱くて……はああっ、もっと、もっと感じさせてっ」

花蜜を垂れ流す膣口が唇のように収縮して、肉幹を甘噛《あまが》みする。

上下動のストロークが大きくなり、ずれたTバックショーツは、もうなにも隠してはいない。和樹からは結合部がはっきりと見えた。

充血した姫口に、ずっぽりと雄肉が突き刺さっている。

血管を浮かせた太幹は透明な花蜜でコーティングされてきらきらと光る。

「くうぅ。チ×ポが吸いこまれるっ。これがセックスなんですね。最高です」

フェラチオで一度射精していなければ、和樹はとっくに絶頂していただろう。

「はぁあん、奥で先がふくらんで……ああん、いい。キミのおチ×チン、好きぃ」

ワイルドな服装でナナハンを振りまわしていた美女の口から男性器の卑語を聞いて、和樹の脳はピンク色に染まる。

「あうう、有紗さんの中が締まって……俺、イキそうです」

フェラチオでの口内発射に続いて二発目を噴出してしまうのも時間の問題だ。

「わたしの奥でどくどく出してっ。はじめてのセックスの……濃い思い出をたっぷりちょうだいっ」

膣内射精を懇願する有紗は、黒革のウエアをきしませ、髪を振り乱す。

肉茎の根元がびくり、びくりと痙攣《けいれん》する。

射精をがまんするのも限界だ。

「俺、有紗さんの感じてる顔……見ながらイキたいです」

和樹は腕を伸ばし、腰を両手でつかむと、強引に振り向かせた。

体位が変わるのに合わせて、ぬるりと膣内で肉茎が半回転する。膣道が歪《ゆが》み、亀頭が未体験の角度で締められる。

「あっ、あああん、おチ×チンで削られてる」

ふたりが向き合った騎乗位になる。

のけぞって悶える有紗の顔は、和樹の背中がぞくりとするほど淫らだった。

「あうう、いやああ、エッチな顔……見られちゃう」

泣き出しそうにとろけた瞳が和樹を見おろし、高い鼻が汗ばんで光っている。ルージュなど塗っていない唇は赤く充血して、今ペニスを受け入れている膣口そっくりだ。

「くうっ、有紗さんの表情……エロいっ」

和樹は夢中になって、真下から年上の美人ライダーを突きあげた。

亀頭の先に当たるこりこりした粘膜は、精をすすろうとふくらんだ子宮口だ。

十七歳の童貞にセックスのテクニックなどない。けれど男の本能が、小さな粘膜のリングもまた、女性のスイートスポットだと教えてくれる。

「は……ああぅ、壊れちゃう。奥が……んはああっ、潰れて気持ちいいのぉっ」

穂先をねじこむと、じゅぷっと薄濁りの花蜜が漏れて、肉茎を濡らす。

「くうん……はじめてのくせに、生意気ぃっ」

キッと眦《まなじり》をあげた有紗が、負けじと細腰をひねる。

逆三角のショーツの生地もぐっしょりと濡れていた。

男のストロークと女の腰ふりがシンクロして、嵌合部《かんごうぶ》がぐっちょりと溶ける。

「くあっ、有紗さんのオマ×コが……燃えてるっ」

子宮口が亀頭を包み、ちゅっと吸う。和樹の竿根がぶるりと震えた。

「おううっ、チ×ポが変になる。爆発しそうです」

和樹のまぶたの裏にチカチカと火花が散る。

「あうう……有紗さん、出ます……イキますっ」

男のピストンを最奥にぶつけた和樹は、限界に達した。

どく……どっぷぅっ。

童貞卒業を祝うように、白色の精花火をどん、どんと膣内にたたきこむ。

「くうぅ、たっぷり……飲みこんでっ」

自慰の射精とは快感の種類がまるで違う。

女の中に射精するのは、バイクでコーナーからフル加速で立ちあがる瞬間のような爽快感と、前後のタイヤが限界に達する寸前の、ひりつくような緊張感が、いっぺんに来るようなものだった。肉茎が震え、頭の中が真っ白になる。

「ひいいいっ、すごいのきてる。キミの熱いの……んはあああっ」

大量の吐精を子宮口に浴びせられた有紗の絶叫が、早朝の峠道に響く。

膣道の奥から、濃厚な雌のオイルが肉茎に向かって押し寄せて、生々しい鉄の匂いが結合部から漏れる。

「あ……ああん……」

騎乗のままぐらぐらと上体を揺らし、吐精を子宮口で味わっていた有紗の身体が力を失い、急に倒れてきた。

和樹はダブルの革ジャンごと有紗の身体を受け止める。

腕が細く、とても軽くて華奢だった。

有紗のまぶたが数秒してから開く。

「ん……ふ。キミ……けっこう格好よかったよ」

男を骨抜きにしてしまう、妖《あや》しい瞳が和樹に迫る。

ちゅっ、と音を立てて、頬にキスをされた。

はじめてのキスだ。けれど、頬に対してではまるで子供扱いだ。

有紗を抱きしめ、大人の男として唇を奪いたい。

だが肩を引き寄せようとした腕の中から、有紗はするりと抜け出してしまう。

「ふふ。お口へのキスはおあずけだよ」

とがらせた唇を、ちょんと人さし指でたしなめられた。

「うう……意地が悪いよ」

キスに失敗したのが恥ずかしくて、一瞬で和樹はただの女慣れしていない少年に戻ってしまった。

「大丈夫。また会えるよ。わたしもたまには楓ラインを通るようにするし」

有紗はビデオの逆再生みたいに髪をきれいに整え、花蜜を吸った、真っ赤なTバックショーツの上から黒いレザーパンツを穿《は》く。

初体験の相手がブーツを履きなおすまで、和樹は呆《ほう》けたように見守るしかできなかった。

(俺は有紗さんに任せっぱなしで、なにもできなかった)

バイクのことも、セックスも、もっと教えてほしい。有紗のことを知りたい。

起きあがろうとしたが、太ももまで引きおろされたトランクスと革ツナギがからんで無様にもがくしかなかった。

「あの、待って」

ようやくぬるぬるの肉茎を下着に押しこんだときには、有紗はフルフェイスのヘルメットをかぶっていた。黒いグローブの右手がセルボタンに伸びる。エンジンの圧縮比が極端に高いのだろう。長いセルモーターのクランキング音に続いて、Ｚ７５０ＦＸは身震いして轟音を響かせた。

「本当に……また会えますか」

真新しい傷が増えた革ツナギの上半身を背中にだらんとぶらさげた和樹が、ようやく立ちあがった。

けれど申し訳程度のサイレンサーしか備えていないＦＸの集合管サウンドに、和樹の質問などかき消される。

ヘルメットのシールドを閉じた有紗は目で微笑む。

「あのっ、どこに行けば、有紗さんと会えるかって」

ようやく大声が出せたのは、有紗の左手がクラッチレバーを握った瞬間だ。

歩み寄る時間もくれずに、真っ黒な巨体が砂利を弾《はじ》き飛ばしながら舗装のコーナーに戻っていく。

左右を確認する一瞬の静寂のあと、ゴアッと空冷四気筒が吠《ほ》えた。

クジラみたいな黒い巨体が、軽々とフロントを浮かせてコーナーの出口に向かう。直立したモンスターに乗った有紗の背中は、和樹にまたがっていたときよりもずっと大きく、美しく、そしてセクシーに見えた。

夢のような時間が終わってしまった。

今すぐRZに乗ったとしても絶対に追いつかない。

「ちくしょう、俺……なんて格好悪いんだよ」

視界からFXの姿が消えても、重々しい排気音はしばらく聞こえていた。その排気音が一瞬甲高くなる。

スカイウエイと呼ばれる有料道路へ向かったのだ。山頂から麓《ふもと》の海岸まで高速コーナーが続くワインディングロードだ。

片道の通行料金だけで和樹のアルバイトの時給より高いから、めったに通ることはない。

「あっ、まさか」

峠で出会ったベテランのライダーから、ずいぶん前に聞いたことがある。

スカイウエイには、伝説の女性ライダーがいると。旧式で黒いカワサキに乗り「箱根《はこね》のクイーン」と呼ばれているそうだ。

ほうきに乗った魔女みたいにほかのライダーを翻弄し、抜かれるのは一瞬。誰も抜き返せないのだと。

（有紗さんが伝説のクイーンなのか）

噂《うわさ》しか知らないのに、和樹は確信できた。

手のひらにはまだ柔らかくてひんやりした、女の感触が残っていた。

有紗がキスをしてくれた頰に手を当てる。

（待ってろよ……あの尻、忘れない）

黒革に守られた肢体と赤いTバックショーツが食いこんだ、高級なバニラアイスみたいに甘い匂いがする双丘を思い出しただけで、和樹の心と、そして射精したばかりの肉茎に熱が蘇った。

第二章　ゼロヨン委員長

1

「和樹くん、ちょっとお願いがあるの」

黒髪のおさげを揺らして、クラス委員長の大下理佳《おおしもりか》が和樹の席にやってきた。まるい樹脂フレームの黒メガネと三つ編みにしたおさげの黒髪、生徒手帳の制服イラストから抜け出してきたような校則どおりのセーラー服姿で、えんじのスカーフの角度もきっちり左右対称だ。

和樹は理佳と入学したときからずっと同じクラスだ。

二年生になった今まで、制服や持ち物が乱れているところを見たことがない。きっとハンカチだってきっちり正方形にアイロンをかけているのだろう。

「悪いけど、放課後にプリントを刷るのを手伝って」

土曜日の授業は午前中で終わりだ。

「仕方ないな。じゃあ委員長、準備室に集合な」

和樹はわざと大きい声を出す。

「なんだよ。今日は峠、行かないのかよ」

茶髪で太い学生ズボンの同級生が、細く剃《そ》った眉《まゆ》を寄せる。中型二輪免許を取って、人気のあるホンダCBR400Fを買ったばかりの友人だ。ひとりで峠に行くのは不安だから、和樹に先導してくれと頼まれていた。

「悪いな。でも土曜の午後に走りに行っても、車が多くてつまらないぞ。行くなら明け方だよ」

和樹は財布と学生証をポケットに突っこんで教室を出る。カバンを置きっぱなしにしておけば、ほかの同級生は和樹が委員長にこき使われていると思うだろう。

放課後にプリントを刷る、というのは委員長の理佳とだけ通じる隠語だ。

和樹が通う高校はバイクの免許取得は禁じられていない。通学だけが禁止だ。けれど、今朝は遅刻寸前だった。

高校から離れた公園に、和樹はRZ250を停めてきた。

バス停や駅に向かうほかの生徒と離れ、ひとりで公園に向かう。

木陰に隠したRZにまたがって、キックする。

パン、パンという2ストロークエンジンのアイドリングが響く。

丁寧に暖気をしたいが、制服姿は目立つ。回転をあげずに住宅街を進んでいく。

県道からはずれると立派な邸宅街がある。昔は武家屋敷があった地域だとかで、一軒あたりの面積が広い。

高い塀で囲われた日本家屋が多い中で、ハリウッド映画みたいに前面が芝生のしゃれた家が目立つ。委員長の理佳の家だ。

父親は地元で人気の西洋菓子店チェーンのオーナーだ。

手前でエンジンを止め、惰性で洋風の家まで行く。

母屋とは別に、大きなガレージがある。

「和樹くん、突然でごめんね。ありがとう」

シャッターを開けたガレージの中で、セーラー服姿の理佳が待っていた。

「大丈夫だよ。先週からの約束だからな」

理佳の父親の旧《ふる》いジャガーのクーペはクラシカルなスポークホイールの奥まできっちり磨かれていた。

床は平滑なコンクリートで、壁には工具やトロフィーが並んでいる。

理佳の父と兄はヨットが好きで、このガレージはもともとディンギーという小型船舶をメンテナンスするために作られたと聞いた。

和樹のベッドより広い木製の作業台は特注品だという。

その隣にライムグリーンのカワサキＡＲ80が止まっている。スリムな車体に五本スポークで、金色のホイールや、ゼッケンプレートを模したサイドカバーが、欧州の小排気量レーサーを思わせる。

原付免許で乗れる弟分のＡＲ50はそれなりの人気だが、小型二輪免許が必要な80㏄はほとんど見かけない。小型二輪の免許を持っていれば、１２５㏄まで乗れるのに、理佳はあえてＡＲ80を選んだ。

細身の軽量スーパースポーツ。80㏄のエンジンはモトクロッサーの技術も使われており、ホイールやサスペンションもヨーロッパのグランプリレースに参戦しているカワサキのワークスレーサーのイメージだ。

ＡＲ80は通のバイク乗りが選ぶモデルだ。初心者ならまず買わない。

ノーマルはふたり乗りできるが、理佳はシートを50用のひとり乗りに変えた。排気系はレースの世界では有名なユーゾーのチャンバーに変わっている。無塗装のスチールで溶接跡が無骨だ。50㏄には対応しない、ＡＲ80専用品だという。

車体もエンジンにも徹底的に手を加えた、強烈な改造車だ。

理佳が自分の体型に似た、スリムなグリーンのタンクを撫でる。

「ヘッドを削って圧縮比をあげて、ポートも拡げてみたの」

どちらもエンジンを分解し、自分で金属パーツを研磨する作業だ。和樹にはとても真似《まね》できない。

「毎週エンジン開けてるのかよ。好きだな」

丸メガネにおさげの委員長は理系の機械好きからはじまって、今は愛車のチューニングに夢中だ。ARは市販のスペシャルパーツが少ないから、自分でエンジンの内部まで加工している。

最新の125ccクラスには、AR80よりずっと速いモデルがある。

だが理佳は、

「ほかの車種は水冷だから分解が面倒よ。ウオーターポンプやラジエターとか、部品が多いのは性に合わないの」

と、空冷のARにこだわっている。

黒くて深い冷却フィンのARに惚《ほ》れこんでいるのだ。

白バイが目にしたら瞬時に止めるほどの改造車なのに、ナンバープレートは水平に隠したりせず、堂々とさらしている。無駄に大きいウインカーや長いリヤフェンダーも純正のまま。手を加えるのはパワーアップと徹底した軽量化だけだ。

学校内で理佳がバイクに乗ると知っているのは和樹だけだ。

和樹は十六歳になってすぐに中型二輪の免許を取り、ボロボロのRZ250を買った。

するとクラスだけれど会話すらほとんどしていなかった、真面目《まじめ》そうな委員長から、内緒の相談があると呼び出されたのだ。

自分も小型二輪の免許を取りたいという相談だった。

一九八六年当時はバイクブームがまっさかりで、教習所はどこも混んでいた。

理佳は和樹の通っていた教習所について聞きたがったのだ。

「十六歳になったら、冬休み中に教習を終わらせたいの。免許のためにずる休みはしたくないから」

親にバイクを猛反対されたが、入学してから二学期まで学年トップの成績をキープして、ようやく許されたという。

原付免許で乗れるAR50を買って、80用のパーツを組む裏ワザもある。けれど真面目な委員長は、合法的に80を買うために小型二輪の免許を取った。

おとなしい印象の委員長だから、楽しくツーリングにでも行きたいのかと思っていたら、中古で買ったAR80は、すぐに給排気系が交換され、チェーンもレース対応で抵抗の少ないものに換えられていた。

そしてある日、委員長がバイクに乗ると知っている和樹に相談をしてきた。

「タイム計測をお願いしたいの。どのくらい速くなったか、数字で知りたい」と。

理佳の趣味は「ゼロヨン」と呼ばれる、四百メートルの加速勝負だ。

北米での四分の一マイルの加速を競うドラッグレースが発祥で、一九八六年当時はバイク雑誌でも、速さを狙った新車が登場すると、こぞってゼロヨンのタイムを比較したものだ。

その影響もあって、日本全国の埠頭《ふとう》や工業団地など、長い直線で二台で並んでスタートし、ゴールまでの数百メートルの加速を競う非合法のゼロヨンが盛んになった。週末の深夜に四輪や二輪が集まって、ギャラリーの前で加速を競うのだ。

やがてパトカーもやってきて、参加者やギャラリーが蜘蛛《くも》の子を散らすように逃げて終わるのもお約束だった。

だが、理佳のゼロヨンに競う相手はいない。チューニングの効果を実証するためにタイムをつめる。ひとりきりのストイックな遊びだ。

和樹はいつも計測係を頼まれる。

「じゃあ、ゼロヨンの服に着がえるね」

理佳がガレージの奥に向かう。バイク用のウエアやヘルメットはスチール製のキャビネットにしまってあるのだ。

「見ないでよ」

「まさか、見るもんか」

和樹は、あわてて委員長から視線をAR80に移す。

背後からしゅるりと衣擦《きぬず》れが聞こえた。セーラー服の襟からえんじのスカーフを引き抜く音だ。

「まあ、私みたいな痩《や》せっぽちじゃ、見てもつまんないだろうしね」

理佳は和樹がガレージに着くのを待って、制服からバイクの服装に着がえる。

先に着がえておけばいいのにと尋ねると、理佳は、

「だって、和樹くんに急な用事ができたらタイム計測してもらえないでしょう？そうしたら着がえる手間が無駄じゃない」

と答える。合理主義の優等生に恥ずかしさはないのだろうか。

とはいえ、密室で同級生女子が着がえている場面は、ついこのあいだまで童貞だった十七歳男子にとってはどきどきする。わざわざ着がえを断る必要などない。

「私の身体はいつまでも子供みたい。軽量化がいらなくて助かるけど」

自嘲《じちよう》する理佳には答えようがない。

和樹は体操着姿の理佳を見て知っている。胸はつるりと絶壁だったし、ブルマ姿のお尻も小学生みたいに平らだった。身長も平均より低く、よく中学生と間違えられている。

チィ……と小さな音が聞こえた。

スカートのファスナーを開けたのだ。

柔らかな布地が滑る音が続く。

和樹の視線がふとARのミラーに向いた。

まるいミラーに映っていたのは制服のスカートを脱ぐ女子高生のうしろ姿だ。

きっと理佳は校則どおりの白い無地の下着だろうと思っていた。

ミラーに映ったのは大人っぽいブルーのパンティだ。白くて縦長の小尻に食いこんでいる布地は小さい。

（委員長の下着、エロいっ）

ブラジャーもパンティと同じ、サファイアを思わせる青だ。背中のストラップがクロスしているセクシーなデザインで、校則厳守、無遅刻無欠席の委員長には似合わない。

（ふだんのイメージより、めちゃくちゃ色っぽいな）

ミラーの中で理佳はキャビネットの中から赤い整備用の布ツナギを出した。

薄い生地だからバイクで転べばすぐに破けてしまう。和樹は危ないと注意したけれど、委員長は頑《かたく》なに服も軽くしたいからとサイズの小さい布ツナギを着る。

「お待たせ。行きましょう」

純白のジェットヘルメットをかぶった理佳が、和樹にストップウオッチを手渡す。デジタル表示の最新式だ。

ヘルメットだって安全性を考えれば、フルフェイスがいい。けれど、理佳はあごをぴったりとタンクに乗せて空気抵抗を減らすために、顔が出るジェットヘルメットを愛用している。黒縁のメガネがゴーグル代わりだ。

ヘルメットのうしろから左右に三つ編みが揺れている。子供っぽい髪型なのに、布ツナギの中は大人びたランジェリーだと思うと、学生ズボンがきつくなる。

前の道に出た理佳のＡＲは、キック一発で始動した。

パン……パン、パン……とアイドリングが頼りないから、右手をあおって回転を保っている。高回転域に特化したセッティングなのだ。

目的地は三十分ほど走った片側三車線の産業道路。平日の朝や夕方はトレーラーや大型トラックが行きかうが、土曜の午後はがら空きだ。

バイクは派手だが、理佳の運転は慎重だ。

ハンドルは極端にさげられ、ステップも後退している。前傾姿勢でタンクにへばりつくようなポジションだ。

赤い布ツナギの背中に、うっすらとクロスしたブラジャーの線が浮いている。信号待ちで足をつくと、理佳の尻が細いシートからはみ出す。

ガレージで盗み見た大人びたパンティは小さなヒップを半分も隠していなかった。和樹の目の前にある布ツナギの中には、きゅっとまるい若尻があるのだ。

産業道路につくと、和樹は交差点にバイクを寄せた。

「じゃあ、お願いね。ふたつめの青信号でスタートする」

ARが遠ざかる。80ccのくせに排気音は和樹のRZ250より耳障りだ。

広い直線の、ほぼ四百メートル先で、理佳がUターンするのが確認できた。豆粒ほどのサイズだが、赤い布ツナギは遠くからでも視認性が高い。

ふたりの中間地点に信号がある。

信号が二度目の青に変わるのに合わせ、和樹はストップウオッチのボタンを押した。ビアーッという独特の排気音といっしょに、赤い服とライムグリーンの車体が大きくなって迫ってくる。

ギヤチェンジをしているはずなのに、甲高い排気音はずっと一定だ。回転をなるべく落とさず、わずかな半クラッチだけでギヤをあげている。

細身のタンクにへばりつき、肘《ひじ》と膝でバイクに密着した理佳が目の前を通過する瞬間、和樹はストップウオッチを止めた。

Uターンしてきた理佳に、和樹は両腕で大きな輪を作る。

バイクを降りた理佳にデジタルの表示を示す。

「十六秒を切ったぞ。やったな」

ワンクラス大きな、１２５㏄クラスのタイムだ。

「やったあ、ありがとう」

ヘルメットをかぶったままの理佳がうれしそうにぴょんぴょん跳ね、和樹に抱きついてきた。ごわごわの布ツナギの内側に柔らかい感触がある。

(委員長のおっぱいだ。小さいけど、ちゃんとふっくらしてる)

同級生のバストの感触に、和樹の学生ズボンの内側が、一気に窮屈になった。

2

バイクを連ねて立派なガレージに戻ると、理佳が紅茶を淹《い》れてくれた。

「和樹くん、例のクイーンさんをまだ追いかけてるの？」

突然、話題を振られて、和樹はどぎまぎする。

ホームコースの楓ラインで女性ライダーが乗る重量級のカワサキＺ７５０ＦＸに翻弄され、最後は転倒してしまった。だがおかげで「箱根のクイーン」の異名をとる伝説の女性ライダー、有紗に導かれて童貞を卒業できた。

「ああ。だけどクイーンは平日の明け方しか走らないみたいだし、俺は学校があるから、あれから会えないんだ」

あの尻をもう一度拝みたい。触ってみたい。両手で鷲《わし》づかみにして、ぐしょ濡れの花弁に若い猛《たけ》りを挿《い》れてみたい。その欲望を理佳に明かせるはずはない。すごく速い女性ライダーに会ったのだとだけ話しておいた。

「目標があるのって楽しい。私も、ゼロヨンで十六秒切りたいって、ずっと和樹くんに言ってたもんね」

目標タイムを出し、はしゃいで暑くなったのか、理佳は赤い布ツナギのファスナーを胸元までおろした。

(もうちょっとで、ブラジャーが見えそうだ)

和樹の視線は真面目少女の、汗ばんできらきら光る胸元に向きっぱなしだ。

「委員長はチューニングひとすじだよなあ。ツーリングに出かけるとか、みんなで峠に行くとかは考えないのか」

「ARは80だからバイパスや高速に乗れないし、ひとりでツーリングは怖い」

チューニングしたエンジンを限界まで回していても、箱入りのお嬢様だ。バイクの遠出には勇気がいるらしい。

「俺がつき合ってやるよ」

「つ、つき合うっ？　私とっ？」

和樹にとっては男の同級生と峠に行くのと同じ、軽い気持ちで言ったセリフなのに、理佳は瞬時に反応した。真っ赤になってうつむく。

「無理よ。だめ。ゼロヨンと峠じゃ、セッティングも違うじゃない。ほら、あの……私が派手でおしゃれな私服を着ても似合わないみたいな……でしょ？」

メガネのレンズが曇るほど赤面している。

「派手なパンティは似合ってるのに」

冗談のつもりで言ってから、和樹はすぐに反省した。

(しまった。委員長は下ネタなんか大嫌いだろう)

「ばかっ、そんなん……見てるなっ」

理佳の声がガレージに響く。

激怒する委員長をはじめて見た。

「ごめん。さっき偶然、ミラーに映ってて」

あわてて言い訳をしても、理佳は唇を噛み、両手で拳《こぶし》を作って黙ったままだ。

気まずい沈黙が続く。

「……ねえ、和樹くん」

理佳の声はパンクしたタイヤみたいに頼りない。

「本気でさっきの下着、私に似合ってると思った？　地味で子供っぽい体型なのに、下着だけ大人びてるのって変じゃない？」

答えにつまる和樹の正面に立ってたたみかける。

「似合ってたよ。格好いい。ちょっとエロくて」

思わず本音で答えてしまう。

（やばい。またエロいとか言っちゃったよ）

口を滑らせてばかりの自分を恨んで天を仰ぐ。

品行方正な委員長が、赤点常連男子の泳ぐ目を見つめながら、ゆっくりと布ツナギのファスナーをおろしていく。

「えっ……ええっ、委員長っ」

あかぬけない丸メガネの奥にある目が泣きそうに潤んでいる。

首から下腹までのファスナーが開いた。

インドア派の理系委員長の、真っ白な肌を横に割ったブラジャーが現れた。

青いハーフカップはレースで飾られている。

盛りあがりは手のひらサイズで決して大きくはない。けれど、同級生の乳房というだけで目を奪われる。

「……似合ってるって言われてよかった」

理佳はぎゅっと唇をかんで布ツナギから肩を抜く。

さっきまで失言を連発していた和樹はなにも言えない。

理佳の足下にすとんと赤い作業着が落ちる。

逆三角のパンティは面積が小さい。

(クイーン……有紗さんの下着と同じくらいエッチだ)

男を惑わす三角形を凝視して、フル加速の屹立《きつりつ》だ。

理佳の視線が学生ズボンを押しあげる突起に向かう。

「男の人の反応、私も研究したの。性的に興奮してくれてるサインでしょう」

落ちた布ツナギから白スニーカーの足を抜いて、理佳が頬を染める。

「私の下着が刺激的だから……あの、ええと、男性器を大きくしてくれたの?」

「う、うん……」

メガネの奥からのまっすぐな視線に、正直に答えてしまった。

「よかった。最近の和樹くんはクイーンさんの話題ばかりでしょう。私はただの同級生で、女子扱いされてないのかなって。でも……安心した」

理佳はようやく笑顔を浮かべてくれた。

「両親や学校の先生も、私を勉強ができる、冒険しないいい子だって満足してくれてる。でも本当はバイクいじりが好きだし、男子のことだって気になるのに」

声を震わせながら、和樹の前にしゃがむ。

「和樹くんといっしょにいると、普通の女子になれる。それに……さっきはうれしかったの。私を女子として……性的な対象として認識してくれたでしょう」

精いっぱいの告白をしてくれる委員長は、真っ赤な顔をしてレンズを曇らせる。

「勃起してるところ……確認させてね」

機械いじりに向いた細い指が、学生ズボンのベルトのバックルを簡単にはずしてしまう。

「えっ、そんな……委員長、いきなり」

「うふ。私……けっこうエッチなんだよ。はじめてだけど、男子の身体のことは研究してるし」

(やっぱり処女なんだ。きっとキスも未経験だろうな)

積極的な女の演技をしていても、メガネの奥の瞳は潤み、指先が震えている。緊張しているのだ。

プロメカニック顔負けの器用な手が魔法のようにファスナーを引きさげ、ボタンをはずされた。学生ズボンごと下着を脱がされる。

ぶるんっと勃起肉が頭を振る。

「く……あああっ、委員長の顔が近いっ」

「ふわっ、すごい。想像してたより、ずっと大きくて」

驚いた理佳のため息が亀頭にかかる。

青いランジェリーで飾られた幼さの残った細身で、性欲とは縁がなさそうな丸メガネとおさげの委員長が雄肉に顔を寄せる。

温かくて湿った吐息だけでも強烈な刺激だ。

「ああ……たらって、出てきた。カウパー腺液《せんえき》……だよね」

糸を引いた先走りのしずくを、小さな手のひらが受け止める。

「男子が性交の準備ができた合図なんでしょう？　精液とは違うけど、精子を含んでいるって」

生物の授業みたいに男の汁を観察される。

さっき男の身体を研究していると告白したが、優等生のエッチの資料はティーンむけの過激な雑誌などではなく、医学書のようだ。

「ううっ、委員長の手が……あったかい」

理佳が最初に触れたのは勃起の根元できゅんと縮まった肉のクルミだった。

「精巣さん……この中で赤ちゃんの素《もと》ができてるんだ。冷たい」

やわやわと優しく陰嚢を揉まれて、肉茎が緊張する。

授業中はいつもへの字に閉じている唇が開いて、白い歯が現れた。高級な陶器みたいな小さな歯だ。

（委員長って、すごく歯ならびがきれいなんだ）

「ここが……亀頭。男子が感じる場所なのよね」

ちゅっと音を立てて、理佳の唇が尖端にキスをした。

「ああっ、汚いから……だめだよっ」

今日は暑くて体育の授業もあった。そんな場所を処女の唇に触れさせてはかわいそうだ。和樹は、あわてて腰を引く。

「いやよ。してみたいもの」

止めるどころか、亀頭を口中に収めてくれる。

「あふううっ、委員長の口の中、あったかい……」

引いた腰が無意識に前進して、委員長の唇を犯す。

「んく……ふ。んんっ……ちょっと苦い」

肉茎のくびれをためらいがちに舐めはじめる。唾液が温かい。

「く……ああっ、気持ちいいっ」

峠の芝生エリアで、クイーンこと有紗に口と手を巧みに使われ、あっけなく射精した日のことを思い出す。

男性を昇天させるテクニックを持った年上の有紗に比べれば、処女の初フェラチオはぎこちない。

「んふ……おっきぃ。びくびくしてる。体温より熱ぃ」

だが一年生の頃から知っている、真面目な委員長が目を潤ませ、鼻をひくつかせて懸命に雄肉をしゃぶっている姿が、性感を何倍にも増してくれる。

「ああ、委員長の舌が動いてる。たまらないよ」

「あんっ、跳ねないで。逃げられちゃう」

下半身裸の和樹の前でしゃがんだ委員長は、和樹の脚をよけて膝を床につく。

青い下着のクロッチまであらわになった。

三角布の中心が恥裂に食いこんでいる。

(あの中に、委員長のオマ×コがあるんだ)

勃起のサイズに口が慣れたようで、理佳の動きが大胆になってきた。

「あふっ、和樹くん、感じてくれてる……?」

「うん、もちろん。でも、俺だってお返しがしたい。同じように、委員長が感じる場所を舐めてあげたい」

「やだ、だめだよ。そんなの……恥ずかしい」

唾液で光る唇で肉茎をしゃぶっているのに、理佳は眉を寄せて首を振る。

「ズルいよ。俺だって委員長を感じさせたい」

理佳はむーと唸《うな》って数秒間考えた。

「じゃあ、交換条件。委員長じゃなくて……理佳って呼んでくれたら、私の、えぇと、あの……女性器に、キスしてもいいよ」

理佳はフェラチオするときよりずっと恥ずかしそうに視線を落とした。

3

ガレージに置かれた木製の作業台は、ヨットの部品をメンテナンスするために、シングルベッドなみに大きい。

和樹はシャツを脱いで全裸になり、自分の制服と理佳の赤い布ツナギを滑らかな天板の上に拡げた。

即席のベッドにふたりであがる。

理佳の唾液に濡れた屹立が、青竜刀みたいに反って下腹に食いこむ。

「こっちに来て。俺に……舐めさせて、理佳」

理佳を委員長ではなく、下の名前で呼んだのははじめてだ。

ゼロヨン好きの委員長は青いブラジャーとパンティ、それに白いソックスだけの半裸だ。本当は全裸にさせたかったけれど、童貞を卒業したばかりの和樹は、処女を脱がせるタイミングがつかめなかった。

「あの……私がいいって言うまで、目を閉じていて」

仰臥《ぎょうが》した男子高生を、下着姿の優等生が逆向きにまたぐ。

もちろん、和樹に目を閉じるような自制心はない。

日焼けとは無縁な理系少女の、白く未成熟な小尻の中心をブルーのクロッチが割っている。

(パンティが濡れてる)

光沢があるブルーの生地の中心に、指先ほどの染みがある。童貞を卒業したクイーンとのセックスでは、ぐっしょり濡れた陰裂を目の当たりにしている。

勉強とゼロヨンにしか興味がない処女にも性欲があり、花蜜をにじませているのに感動する。

(俺とヤリたいって、期待してるんだ)

「ひゃ……あん」

和樹がそっとパンティに指をかけただけで、理佳の全身がびくんと反応した。

ゆっくりと下着を引きおろすと、片脚を持ちあげて協力してくれた。するりと薄布が脱げる。

茂《も》みの面積が狭くて、萌え毛が絹糸みたいに細い。

「ああ……理佳のここ、すごく……かわいい」

お世辞ではない。処女の陰裂は新雪に桃色の谷を刻んだように繊細だった。

ぴったりと閉じていた陰裂を二本の指で一センチほど開いてみる。

「ん……ああん、指がエッチだよぉ」

（女の人によって、オマ×コってぜんぜん違うんだな）

箱根のクイーン、有紗の性器は鮮やかなピンクで、両側を厚めの肉唇が囲んでいて、膣口の位置がわかりやすいかたちだった。

理佳の処女性器は色が淡く、両側の陰唇も薄い。奥に埋まった姫口はとても小さくて、和樹の太肉で乱暴に突いたら、壊れてしまいそうだ。

慎重に指を姫口の縁に当ててると、理佳はきゃんっと子犬みたいに鳴いた。

「ああん。和樹くんに見られてる。本当にきれい？　変なかたちしていない？」

陰茎がまる出しの男とは違い、女子の性器は股の奥に埋まっている。プールの授業や銭湯でも、ほかの生徒と性器を開いて比べる機会などないのだろう。

「俺だって見慣れてるわけじゃないけど、きれいだと思う。ピンク色で、きらきら光ってる」

「ふうん。見慣れてはいないけど、はじめて見たんじゃないのね」

和樹が童貞ではなかったことに不満そうだ。

「じゃあ……和樹くんの陰茎さんは、ほかの女の人の感触を知ってるんだ」

逆向きに重なった理佳が、勃起をぎゅっと握った。

「あううっ、強いよっ」

「あはっ、亀頭さんの先からカウパー腺液がちょろって出てきた」

研究熱心な委員長は男性器に夢中だ。

肉茎をぎゅっと握り、充血した亀頭をちろりと舐める。

「うふ。この姿勢なら、口を開けてる顔を見られないで済むのね」

シックスナインで花蜜まみれの姫口を見られるより、先ほどのように肉茎にむしゃぶりつく顔をさらすほうが恥ずかしいようだ。女の子の考えは難しい。

「う……くうっ、理佳の舌、気持ちいい」

尿道口をくすぐられ、先走りを漏らしてしまった。

一度だけとはいえセックスを経験した和樹が、受け身であってはいけない。

目を凝らすと、姫口の端にごく小さな突起があった。

（女の子が感じるポイントだっていう、クリトリスか）

クイーンとの初体験ではリードされっぱなしだったから、女性の快感ポイントだという小粒を意識しなかった。

男の亀頭よりもさらに敏感な器官だというから、未経験の理佳に潰したりつまんだりという強い刺激は厳禁だろう。

和樹は両手で細い内ももを割り、処女の谷間を開かせてから、米粒ほどの真珠に顔を寄せる。

とがらせた舌で、皮のフードをかぶった雛尖《ひなさき》をちょん、ちょんとくすぐる。

「あ……はあうっ、そこ、へんなかんじ」

小さな悲鳴をあげるけれど、いやがってはいない。

唾液を運ぶように、ちろちろと舌先で陰核を撫でる。

「あんっ、自分の指よりずっと気持ちいい……くふっ」

理佳があえぎながら、フェラチオを続ける。

「へえ。理佳は自分でクリをいじってるんだ」

「……知らない、ばかっ」

オナニーを経験ずみだと漏らしてしまったのが恥ずかしいのだろう。和樹の頭を挟んだ太ももの温度があがる。

極小の真珠の根元を舌先で掘る。

外国産のチーズみたいな、癖のある酸味を感じる。

そのすぐ上には尿道口があった。針の穴ほどの小穴を舌でとん、とんとたたく。

「はあぅ、それ、すごく恥ずかしいのに、感じちゃうっ」

尿道口にはわずかにアンモニアの気配が残っていた。

土曜だから授業は午前中までとはいえ、一度はトイレには行っただろう。

尿道口に残った処女の残尿香は男を刺激するフェロモンだ。

「はあぅ、和樹くんの舌……魔法みたい。しびれる」

女性が自分のテクニックで快感を得てくれたのが、男としての自信になる。

尿道口から膣口の手前まで、ちろちろと舌で広めに舐めてみる。粘膜の谷には、濃厚な新陳代謝の匂いが残っていた。目の前にあるピンクの粘膜をのぞかせる姫口から、透明な清水《しみず》がわいてくる。

「理佳のオマ×コが、ひくひくしてる」

「もう……いやらしい言葉、使わないで」

性器の様子を教えてやると、小さな尻がきゅっと縮む。

膣内を刺激できる男の部位は男根と指、そして舌だけだ。肉茎は太いし、指は細いが爪と骨がごつごつしている。繊細な処女地を探るのには舌がいいだろう。

両手で尻の谷間を割って、唇を寄せる。

姫口に向かって舌をずらし、花蜜を舐める。

「ほあ……あんっ。エッチなところにキスされてる。変になっちゃう」

濃縮されてねっとりした花蜜にはかすかに塩味がある。

（これが女の子が濡れてるときの味か）

初体験ではクイーンに翻弄されて、女性器を舌で愛撫する余裕はなかった。

和樹がはじめて味わう女性の芯《しん》は、小学校にあがる前、はじめての海水浴で舐めた海水を思い出す、懐かしい味だ。生まれる前の、母親の羊水の記憶が脳に刻まれているのかもしれない。

「どんどんあふれて、理佳のオマ×コが感じてるんだな」

極狭の姫口に、舌をさしこむ。

ぬるぬるの粘膜リングが、無数に重なっているような舌ざわりだった。

「ひゃんっ、身体の中を舐められてる」

はじめての膣内愛撫に戸惑っているが、理佳の声には、快感を得ている女性ならではの媚《こび》が混じっている。

舌を膣口に埋めた和樹の目の前にはすみれ色の小さなすぼまりがある。

(理佳のお尻の穴、おちょぼ口みたいで、かわいい)

内ももに当てていた手をずらして、丸尻に当てる。

指で谷間をなぞり、すぼまりの放射状の皺を指で引っぱる。

「ああん、だめっ、なんてとこ触ってるのよっ」

尻を振って悶える姿がたまらない。

クラス委員長は、黒髪のおさげに丸メガネで、高校では校則違反をする不良っぽい男子が相手でも、ためらわずに叱《しか》る。

そんな品行方正で立派な女子にも肛門があるという事実が和樹を興奮させる。

理佳が仰臥した男をまたぐ体勢だから、和樹の頭の横には学校指定の白ソックスを履いた足がある。肛門を刺激するとつま先がきゅっとまるくなる。

和樹は横を向き、ソックスのつま先を甘嚙みした。ひんやりと冷たくて湿っている。十六歳の体香を吸った苦味のあるソックスを歯で引っぱって脱がせる。

「あっ、やだ。足なんかだめだってば」

作業台の上で、和樹は逃げようとするつま先をぱくりと咥える。口の中に十六歳の汗の塩っぱさと新陳代謝の苦味、そしてスニーカーの中で蒸れた肌の酸味が拡がった。

つま先を味わったら、ふたたび姫口へのディープキスの再開だ。ほんの数分のインターバルで、もう膣口からは新鮮な花蜜があふれている。

唇を姫口に当てて、舌で粘膜の道を探る。

「んはあっ、和樹くん、うう……くやしい。上手だよぉ」

シックスナインで上になった理佳はメガネをかけたまま、じゅぷっ、ちゅぷっと水音を響かせて、フェラチオで対抗する。

「くううっ、チ×ポが理佳に食べられてる。唇をすぼめて、前後に竿を動かして……ああ、気持ちいいよ」

和樹の愛撫に合わせて、理佳の口唇奉仕も激しくなる。

最初は舌を埋めても硬いばかりだった姫口が、ゆっくりとほころぶ。

「んく……っ、理佳の中、あったかくて……おいしい。ここにチ×ポを突っこんで、感じさせてあげたい」

膣奥からあふれる花蜜が増える。

「は……あぁん。なんか……知らない感覚が、きてる」

理佳の身悶えが激しくなるにつれて、頭が自然と上下して、肉茎をしごく唇の速度もあがる。

ときおり、メガネの位置を直すしぐさがかわいい。

処女の口から、じゅっぽ、じゅぽっと唾液まみれの吸茎音が響いてくる。

「ん……ああっ、変な感じ。和樹のカウパー腺液をおいしく感じちゃう。んふ」

舌が亀頭の裾にからむ。

初体験だというのに、頭の回転が速い委員長は和樹の反応を探りながら、男の快感ポイントを見つけてくれる。

「く……ああ、理佳っ、気持ちいい」

反撃だ。舌で浅い部分の膣襞を撫でると、花蜜の味が濃くなる。

(もう少しで、イキそうなんだな)

ここで無理をして、痛がらせてはいけない。

和樹は舌をとがらせて膣道を優しく前後させながら下唇をクリトリスに当てる。

ちゅっ、ちゅっと音を立て、リズミカルに膣道を探る。

「おかしいの。身体が軽くなって、ああん、和樹くんのせいで、変になってる」

理佳の太ももが、びくり、びくりと痙攣した。

作業台をきしませて、高校二年生のシックスナインが続く。互いの性器がにじませる甘露を味わいながら、絶頂への階段をのぼっていくのだ。

「は……ああーん、浮いて……身体が軽くなっちゃう」

理佳がひときわ大きな声で鳴いて、肉茎を吐き出す。

「あーん、信じられないくらい気持ちいいの。和樹くん……大好きっ」

膣奥から絶頂の蜜があふれ、和樹の舌を溺《おぼ》れさせる。濃厚な白濁汁だ。

処女が他人からの刺激で、快楽の頂点を知った瞬間だ。

「ああっ、理佳がイッてる。俺がイカせたんだ」

そのうれしさが逆向きに重なった和樹の尿道を弛緩《しかん》させる。

「く……ううっ、俺もイクよ……理佳の顔にたっぷり、かけてやるっ」

どぷ。どぷうっ。

唾液まみれの亀頭がふくらみ、若い精をぶちまける。

「あーん。熱いっ」

和樹の股間に顔を伏せていた生真面目な少女が、吐精を顔に浴びている。

射精は止まらない。脈打つ肉茎に理佳が手を添える。

「ん……はあっ、まだ出るの。すごい、たくさん……」

白濁にまみれた唇が亀頭にしゃぶりつく。

「ん……苦いけど、なんだか……おいしいかも」

処女が雄のシロップを舐め、んくっ、こくんと喉を鳴らして嚥下《えんか》していく。

4

「男子の身体って……ふしぎ。こんなに出るなんて」

和樹と重なっていた理佳が身体を起こして振り返った。

精液がレンズを直撃した丸メガネをはずす。かなりの近眼だから、ピントを合わせようと、まばたきをくりかえす。

(理佳の顔が精液でべっとりだ。なんてエロいんだ)

いかにも秀才らしい広い額。小さめの鼻。薄めの唇。つやつやした頬にまで精液が飛び散っている。

「ん……ふ」

唇に残る白濁を、舌を出して舐める。

メガネをかけているときは幼い印象だったのに、裸眼になると想像していたよりもずっと大人っぽい。

「私の手と口で射精してくれたの、うれしい」

近視の女性特有の、まぶたを閉じぎみにして、眉根を寄せて凝視する表情が愛らしい。

「でも、私の中にも……欲しい」

理佳は背中に手をまわし、ブルーのブラジャーをはずす。

背が低くて痩せている委員長のバストが現れる。これで全裸だ。

「うう……小さくて、ごめんね」

小皿を伏せたようなサイズで、頂上でさくらんぼの種くらいの乳首がとがっている。乳輪も乳首も淡い桜色で、和菓子みたいな色合いだ。

和樹は思わずかわいいと言ってしまいそうになるのをこらえる。乳房が小さいのが理佳のコンプレックスだったら、かわいいは禁句だ。

「おっぱい、すごくきれいだ」

「やだ……身体を褒められるなんて、慣れていないから」

理佳は顔を真赤にして両頬を手で挟む。

「ああ……柔らかくて、あったかい」

手のひらで包んだ少女のパンケーキはふわふわしている。しっとりした肌に指が沈んでしまいそうだ。

極小の乳首をそっと指先で潰してみた。

「あん……どきどきする」

ベッド代わりの作業台で、向かい合って座る委員長をぎゅっと抱きしめる。

和樹がさらに顔を寄せると、理佳の紅潮した顔から、青草みたいな精液の匂いも嗅げた。

「あん……和樹くん、目がケモノになってる……」

処女の女子高生がため息をつく。

今日は経験者の和樹がリードすべき場面だ。

ふたりの上着をシーツ代わりに敷いた作業台に、高価で繊細な人形を扱うように、細い裸体を慎重に寝かせて、理佳の細い脚を両手で開いた。

「あっ、脚に当たってる。硬い」

処女のひたむきなフェラチオで射精したばかりだが、若い雄ピストンは暖気を終えて、とっくにバトル可能だ。

「ああ……挿れられちゃうんだね……」

クンニリングスで達してしまった敏感な未使用の膣口が、天然の潤滑油をにじませて待っている。

和樹は肉茎に指を添えて、尖端を陰裂に軽く当てる。

「ん……っ」

陰唇に軽く穂先が触れただけで、理佳が震える。

舌でさえ狭く感じた処女の洞窟だ。フル勃起の肉槍で不用意に突けば、きっと痛いだろう。

新品のシリンダーにピストンを組む作業を思い出す。満遍なくオイルを塗り、ゆっくりとなじませていく。

姫口に亀頭が沈んでいく。

「あん、つるって入ってきた。あんなに太いのが入っちゃうんだ。ふしぎ……」

破瓜の痛みを覚悟して緊張していたのに、意外にもあっけなく亀頭が滑りこんだので、安心して微笑む。

「く……理佳の中、すごく、きついっ」

いっぽう、狭隘《きょうあい》な膣道の締めつけに和樹はうれし泣きだ。

はじめて押し寄せる異物に驚いた無数の膣襞が、肉冠の反り返りを圧迫する。

(亀頭だけ擦られて、チ×ポが痛がゆいのに気持ちいい)

一気に根元まで突いてしまえば楽だろう。けれど処女膜を強引に破けば、きっと理佳は痛がるはずだ。

一ミリ、二ミリ。ゆっくりと雄肉を嵌合させる。

「あん、和樹くんのかたちが、わかる……」

肉茎が半ばまで沈んだとき、はじめて理佳が眉根を寄せた。処女のしるしが裂けようとしている。

「私、大人の女性になりたい。大丈夫だから……きて」

破瓜《はか》の覚悟を決めた委員長が、気丈に笑ってみせる。

弓なりに反った肉茎が、十七歳の未踏の地に踏みこむ。

「ん……んっ、んん……あっ、あああ……っ」

唇を噛んだ理佳がびくっと震えて身体を固くする。

和樹が動かずにいると、膣道がゆっくりと弛緩した。

「はあ……ひりひりするけど、パズルの空いてた場所に、ピースがはまったみたいな感じ。安心する」

理佳の汗ばんだ腕が伸びて、処女を卒業させた男の背中を引き寄せる。

微笑んだかたちの唇が、キスをくれた。

「うふ。キスも……はじめて。バイクも性行為も、私の初体験は和樹くんが相手のものがたくさんあるのね」

温かい舌が、ちゅっと音を立てて和樹の唇を舐めた。

「ねえ、男の人は、中で動くのが気持ちいいんでしょう。やってみて。和樹くんが感じるやりかたを知りたい」

破瓜を経験して少女から女になった理佳の興味は、男と女の、もっと深い交わりに向いている。

(エッチなことにも向上心ってあるんだな)

愛車に入念なチューニングを施し、ゼロヨンのタイムを縮めることに熱をあげる才女は研究熱心なのだ。

「和樹くんが射精するときの顔も見たい。私、目を閉じちゃうかもしれないから、出すときは……キスして教えてね」

メガネをはずした理佳は瞳を輝かせ、脚を男の腰にまわして引き寄せる。

汗ばんでひんやりした細い脚が、和樹の尻にからみつく。

（女の子の肌って、どうしてこんなにすべすべなんだ）

最初はアイドリングする理佳のAR80みたいに、ゆっくりしたリズムで膣道を小刻みに擦る。

「んっ、男子の陰茎って、女子の産道にぴったりにできてるんだね。指や舌より、ずっと……中が落ち着いてるの」

医学用語で才女が悶える。

オイルが温まり、ふたりの粘膜がなじんできたら抽送のペースをあげていく。にちっ、とかわいらしい水音が結合部から漏れる。

三つ編みの黒髪も揺れている。

「あんっ、硬いのでツンツンされるの、好きかも。ためしに奥まできて。は……ああん、それ、奥、感じる」

自分がリードしていたつもりが、気がつけば理佳に主導権が移っている。最初の挿入がうまくいった証拠だ。

理佳が安心してセックスに没頭してくれるのがうれしい。

「う……くうっ、奥が狭くて、すごく気持ちいいよ」

ストロークを増やして突く。

肉茎で理佳を翻弄するのが、とても楽しい。

膣道から抜ける寸前の、亀頭冠が姫口を裏返す動きには、ああんっと甘ったれた声で脚を巻きつける。

最奥まで突いた。

理佳は唇を噛み、両手をぎゅっと握って快感を味わう。

「ねえ、ぐりぐりって……ねじってみて」

理佳が湿った吐息でおねだりする。

「それ、好き。もっとして。大好き」

深く打ちこんだまま左右に腰をまわすと、とがったクリトリスと和樹の陰毛が擦れるのがお気に入りらしい。

ふたりの肌が汗で溶けてなじむ。

特注の頑丈な作業台がぎしぎしときしむ。

古いエンジンオイルの石油臭やツンと鼻をつく鉄さび、そして合成ゴムの臭《にお》いに満ちていたガレージに、若い男女の肌の匂いが混じる。

「ううっ、理佳の奥がこりこりしてる」

「こりこりしてるのは……和樹くんの先っぽだよぉ」

お互いのパーツが、隙間《すきま》なく組み合わさった。

ぎゅっ、ぎゅっと膣口が肉茎の根を締める。

「く……ああっ、オマ×コに逆らえないっ」

思わずのけぞると、理佳が和樹の髪を引き寄せる。

「ああん、はじめてだけどわかる。そろそろ射精したいでしょう」

潤んだ瞳が和樹を射貫く。

「言ったよね、イクときには教えてって」

理佳のとろんとした裸眼が近づく。吐息が甘い。

肉茎の根が太くなる。

大人になりたての膣道が、きゅっと亀頭を締める。

がまんなどできなかった。

約束どおり、唇を重ねて射精のタイミングを知らせる。

「ああっ、いいっ、イクよ。理佳の中に……出るっ」

とくっ、とく……っ。

「熱い……わかる。私の中、染められてるっ」

二発目とは思えない力強い精の掃射を膣奥に浴びせる。

「ああん、中に出されるの、気持ちいい。はあんっ、病みつきになるぅ」

人生初の膣内射精を受けた理佳の嬌声《きょうせい》が続いた。

静かになったガレージで、若いふたりは絶頂の余韻で息をはずませる。

「ゼロヨンもおもしろいけど、セックスもすごく楽しいのね」

かすれた声でささやかれた。大人びて見える理佳にどきりとする。

「和樹くん、これからもよろしくね」

キスの音が和樹の頬で爆ぜた。

作業台の脇にあった丸メガネを、理佳がハンカチで拭《ふ》いてかけなおす。

いつもの委員長の顔だ。

「ああ。次はちゃんと布団のあるところで……」

映画に出てくる恋人みたいに髪を撫でようとすると、理佳がきょとんとした。

「もちろん……タイム計測のことよ」

丸メガネの奥から、理佳は委員長の目で微笑んだ。

第三章　湯けむりホワイト・レディ

1

楓ラインに続く道の路面は黒く濡れていた。天気予報を信じて雨があがるのを夕方まで待ったというのにとんだ誤算だ。

おまけに霧まで濃くなってきた。

(もう走れないな)

和樹がRZに履かせているのは、レースにも使われるハイグリップタイヤだ。トレッドには申し訳程度の溝が刻まれただけで、濡れた路面には極端に弱い。このまま楓ラインに向かうよりも、どうせ濡れているなら、近道の舗装林道を通ったほうが早く帰れる。

ところが、交通量が少ない旧道は濡れて滑りやすい木の葉で覆われていた。細かい杉の葉は水を吸って盛りあがるから特に厄介だ。

コーナーを攻めるどころではない。2ストロークエンジンには苦手な、低回転を使ってゆっくりと山をおりていく。

　センターラインがない、両側から濡れた枝が突き出した見通しが利かないコーナーを立ちあがったときだ。

　機銃掃射みたいなダラララッという音が背後に迫ってきた。音の振動だけでがけ崩れが起きそうな爆音だ。

　和樹が右側だけにつけているバックミラーに、鮮やかな赤いものが映った。

（なんだ？　ド派手なバイクだ）

　濡れた路面で速度を落としていたとはいえ、このあたりの峠で和樹は知られた腕だ。一瞬で追いつかれるとは信じられない。

　だが、ミラーに収まっていた赤いカウルと四角いヘッドライトが消え、次の瞬間には、ダーンッという聞いたことのない排気音といっしょに、やけにスリムなバイクがＲＺの脇をすり抜けていった。

（マジかよ。速いぞ）

　濡れた路面、出口が見えない急なコーナーに向かって、レールでも敷いてあるかのように吸いこまれていく。

　ミラーでは赤い車体だったのに、するりと抜いていく姿は白い。そして、和樹の前に出た角張ったシングルシートは濃いグリーンに塗られている。

車体の左側に黒くて太いメガホンマフラーが一本、突き出している。

国産車の集合マフラーはほとんどが車体の右側にある。左側にサイレンサーがあるのは外車、それもイタリア車に多いスタイルだ。

一九八六年当時、国産の新車には認可されなかったレーサーみたいなフルカウルを、赤、白、緑のイタリア国旗の色で塗り分けている。

ひとり乗り専用のシートには、凝ったロゴで大きく７５０と書いてあるが、派手な外装の車体は、びっくりするほどスリムだった。

ドゥカティ７５０Ｆ１。通称「パンタＦ１」とも呼ばれる、最新の過激なイタリア車だ。雑誌で「まるでレーシングモデル」「ドゥカティの最速モデル」などと派手な見出しで紹介されていた。和樹が実車を見たのは、はじめてだ。

低いハンドルにパワフルなエンジンでサーキットでは速いが、軽自動車がすれ違うのも苦労しそうな舗装林道ではとても扱いにくいはずだ。

スリムな車体を強調しているのが、極端な前傾姿勢で薄いタンクに伏せているライダーだった。

（しかも、女かよ）

パールホワイト地にグレーと淡いピンクのストライプが入った革ツナギを着ている。そんなかわいらしい色のウエアを選ぶ男はいない。フルフェイスのヘルメットやブーツも同じ色のデザインで、傷ひとつない。ライディングウエアメーカーの広告かバイク雑誌のモデルみたいだ。

見るからに金のかかったバイクとライダーは、濡れた落ち葉をリアタイヤで巻きあげ、和樹のヘルメットに命中させた。

和樹のRZを引き離しつつ、女性ライダーは左手を軽くあげると狭いコーナーに入っていく。ブレーキランプは点かなかったし、フェミニンな色合いの革ツナギの膝を内側に向けて開くこともない。するりと浅くバンクしただけだ。

（品川《しながわ》ナンバーか。地元じゃないな）

地元最速を狙う和樹が、都会からの観光ライダーに置いていかれるわけにはいかない。

パンタF1と同じペースで、出口の見えないコーナーにRZを飛びこませる。

「うわっ、まずい」

ヘルメットの中で声が出た。

先行するイタリア生まれの悍馬《かんば》の動きから予想していたよりも、次のコーナーがずっときつかったのだ。

しかも先行する小柄な女性ライダーは、こともなげに荒れた路面をクリアし、爆音を残して離れていく。

見た目よりもアスファルトが乾いているのだろうか。和樹は彼女のラインをなぞってブレーキレバーを握る。

ズザッといやな音がして、前輪が滑った。

あわててブレーキペダルを踏むと、今度は後輪が簡単にグリップを失ってひやりとする。左足で苔《こけ》むした路面を蹴《け》ってバイクを立てなおした。

先のコーナーに進入するシングルシートの突端で、小さなブレーキランプが一瞬だけ光る。

次こそゆるいコーナーだろう。スリップで遅れたぶんを取り返そうと、和樹はイン側に腰を落として飛びこむ。

またしてもタイトなコーナー、おまけに路面には一メートル近い折れた枝が転がっていた。踏んだら即座に転倒だ。

ブレーキングしても間に合わない。

無理にハンドルをこじって切り抜けるが、ＲＺのサイレンサーがカンッと枝にぶつかった。気に入っているイノウエのチャンバーだ。和樹は舌打ちした。

きついコーナーに濡れた路面だ。レーサーみたいな前傾姿勢で、和樹のRZ250よりはるかに重い750ccは不利なはずなのに追いつけない。

ふらつきながらコーナー抜けると、次の直線で彼女は速度を落としていた。

ヘルメットの正面が、カウルから突き出したミラーに向いている。

後続の和樹が枝を踏んで転んでいないか、確認したようだ。

ミラーにRZの姿を認めて、ふたたび排気音が高くなる。なめられたものだ。

（くそ。余裕を見せつけやがって）

やっきになって追いかけても、パンタF1が路面に特別扱いされているみたいに、あっけなく引き離される。

ホームコースの楓ラインでは「プッツン野郎」と呼ばれる腕自慢の和樹が、ベテランライダーに先導され、コーナーごとに心配される初心者みたいに扱われている。

しかし、焦ってスロットルを開けるたびに二台の差は拡がっていく。完敗だ。

ついにパンタF1の姿が視界から消えると、今度はヘルメットのシールドに水滴がぶつかりはじめた。

あたりが暗くなり、霧雨が本格的な雨に変わる。踏んだり蹴ったりだ。度重なる転倒で破れた和樹の革ツナギは、あちこちをガムテープで補修してある。そのあいだから水が入ってきて、数分でツナギの中はぐっしょりだ。

Tシャツが水を吸った雑巾《ぞうきん》みたいな肌触りで気持ち悪い。

雨の中を数キロ走った先のT字路で、舗装林道が県道に当たる。

濡れて黒ずんだ路面と雑木林というモノクロームの景色に、鮮やかなイタリア国旗色に塗られたパンタF1が停まっていた。

マフラーからは湯気が立っていない。停車してから数分はたっているようだ。

(どんなペースで走ったら、こんなに差がつくんだよ)

片足でバイクを支えて、ヘルメットのシールドを開けてタンクの上を凝視していた彼女は、RZのパン、パンという排気音に気づいて顔をあげた。

(きれいな人だ)

十メートルほど離れているし、フルフェイスのヘルメットで鼻から下は隠れているのに、彼女の目は印象的だった。

派手で高価なイタリアンで飛ばしていたとは思えない、深くて冷静そうな瞳の色だ。和樹はどきりとする。

引き寄せられるようにRZを並べてエンジンを止める。

「よかった。道に迷っていたところなんです」

ヘルメットの中から聞こえてきたのは、大雨の中でもよく通るすんだ声だ。

「えっと……どこに行く予定なんですか」

「山の上にある旅館です。椿《つばき》の生け垣があって、お部屋に温泉がついていて……ええと、名前は」

薄くて平らなガソリンタンクの上面に、A4の紙がテープで貼《は》られていた。

地図が書かれていたようだが、雨ですっかりにじんでいる。

当時はタンクに乗せるバッグはダサいと言われていた。

そもそもパンタF1みたいに、レーサーそのものという車種は、タンクの上にバッグを置いたら、乗り手の胸がつかえて乗りにくくなる。

地図すら運べない。それが八〇年代後半のレーサーレプリカ時代のデメリットであり、潔さでもあった。彼女もウエストバッグひとつだけで、地図や雨具さえ持たずにやってきたようだ。

「名前ならなんとか読めそうです。えっと、松《まつ》の……宮《みや》かしら、この字は」

雨でにじんだ地図に残った旅館の名前を、和樹は知っていた。

「あっ、そこなら僕がわかります」

全室離れの高級旅館だ。

迷路みたいな枝道の先だ。ややこしくて口頭では説明できない。

「どうせ帰り道だし、僕が先導します」

峠で競り負けた、先輩ライダーへの敬意とお礼だ。

「助かります。このあたりは、はじめてなんです」

地元の人間ではないのに、あのペースで荒れた舗装林道を走っていたのか。世の中にはとんでもないテクニシャンがいるものだ。和樹は驚いた。

和樹がキックペダルを踏んでRZに火を入れると、彼女もパンタF1のセルボタンを押した。

デリッ、デリッとアイドリングでも爆音を響かせるドゥカティのせいで、RZの排気音はまったく聞こえなかった。

2

イタリアのじゃじゃ馬を自在に操る女性は、山中の高級旅館につくと、軽々とセンタースタンドを立てた。

鮮やかなイタリア国旗色にペイントされた最新のドゥカティは、水墨画みたいな景色には似合わない。

和傘をさして出てきた旅館の女将《おかみ》に、革ツナギ姿の彼女は、

「知り合いに会ったんです。悪いけれど、ひとりぶん追加してください」

と、気軽に伝えた。

和樹はあわてて、自分はすぐに帰ると伝えたが
「道案内して濡れさせてしまったでしょう。私の責任よ」

と、なんでもない様子だった。

宿の女将も山の雲を見あげて、

「この雲は、しばらくどきませんよ。お泊まりでないならかまいません。ぜひ、ゆっくりおくつろぎください」

と言うものだから、和樹も空気に流されてしまった。

旅館の玄関で並び、ヘルメットを脱ぐ。

互いの顔をはじめて見た。

(あんな派手なバイクに乗ってるのに、真面目そうな人だ)

イタリアのスーパースポーツを華麗に駆ってコーナーを抜けていくうしろ姿からは、和樹に童貞を卒業させてくれた「箱根のクイーン」のようなワイルドな雰囲気の女性をイメージしていたから意外だった。

ウエーブした栗色《くりいろ》のセミロングヘアで飾られた瓜実顔《うりざねがお》で眉が細く、まぶたは一重の和風美人だ。唇がぽってりと柔らかそうで、とても柔和な印象だ。

三十代前半だろうか。十七歳の和樹よりはずっと年上なのはたしかだ。

若々しい肌や表情だけれど、落ち着いた雰囲気の女性だった。

「いっしょに走って会話もしたのに、素顔ははじめてですね。片瀬日奈子《かたせひなこ》です」

女将に渡されたタオルで髪を拭きながら、頭をさげる。

「あ、あの……はい、どうも……あの」

十七歳の高校生は改まった自己紹介に慣れていない。小声で名乗った。

本館から放射状に伸びた渡り廊下の奥に少数の離れがある。

「ごゆっくりお過ごしくださいませ」

ふたりを離れのひとつに案内した女将が頭をさげた。

十畳ほどの広い和室だ。

部屋に入った女将がお茶を用意するのを日奈子はスマートに断った。

ふたりきりになると会話がとぎれた。

雨の音ばかりが聞こえる。

窓の外の日本庭園も、水煙でかすんでいる。

やがて、日奈子が言った。

「和樹さん、先にお風呂《ふろ》をどうぞ。唇が紫色ですよ」

声は優しいが、逆らえない。教師や医師みたいに、他人にものを教えたり、命じる仕事が似合いそうだ。言われるままに脱衣場に向かう。

雨水を吸って肌に貼りつく革ツナギを苦労して脱ぐ。

純和風の離れに広い濡れ縁がつき、板塀で囲われた庭に、石造りで直径二メートルほどのまるい露天風呂がある。

いかにも裕福な大人のカップルむけという設計だ。

かけ湯をするだけで、冷えた身体がほぐれる。

和樹はうっすらと白濁した湯に肩まで浸《つ》かった。

(ウソみたいだ。俺が女の人に誘われて、温泉に入ってる)

旅館の風呂など中学時代の家族旅行か、修学旅行でまとめて放《ほう》りこまれた経験しかない高校二年生は緊張している。

相変わらず激しい雨が、半分だけ屋根のある湯船に落ちて、熱い湯をちょうどよく冷ましてくれる。

(知り合って二時間くらいで部屋にあげてくれるなんて)

信用されているのか、子供扱いされているのか。

(日奈子さんだってカッパなしのツナギで濡れてたんだから、早めにあがらないと)

露天風呂と部屋を区切る、背後のガラス戸が静かに開いた。

振り返った和樹は目を疑う。

「ちょっと、日奈子さん……ええっ」

部屋から現れた知的な美女は、下着どころかタオルすら巻いていない。

湯けむりを通した、艶《あで》やかな裸体が和樹の目を釘《くぎ》づけにする。

最初に目に入ったのは半球の乳房と、砂糖菓子の飾りみたいにかわいいピンクの乳首だった。

楓ラインで遭遇した、黒革ウエアのクイーンとの初体験では生バストは拝めなかった。小柄な処女委員長とのセックスで、はじめて女性の生バストに触れた。

(委員長とは違って、大人のおっぱいだ)

日奈子の乳房はクイーンほどの迫力はないが、委員長よりも大人らしく発達し、いかにも柔らかそうだ。

腰のくびれの下、神秘のY字の中心に、縦長の黒い茂みがあった。

「お邪魔しますね」

少年の視線を浴びても動揺せず、大昔の仏像みたいに優美な笑みを浮かべる。

「あ……あっ、ごめんなさい」

会ったばかりの女性の裸体を無遠慮に凝視していたのが恥ずかしくなって、和樹はあわてて視線を板塀に向ける。

「どうして謝るんですか」

「だって……その、じっと見てしまって」

くすくすと笑う声が返ってきた。

「わたし、見られては困るとか、いやだとか言ったかしら」

「いえ、別に。でも、マナーとして……その」

ざあっとかけ湯をする音。白い肌を湯が伝い、脚のあいだの秘密のエリアを流れていくのを想像する。

日奈子が背後でちゃぷりと湯に浸かる。

白濁した湯の表面にできた波紋が和樹の身体に伝わる。

露天風呂の端と端にいても、ふたりの距離は二メートルもない。

空気よりもずっと密度が高い湯を介して、日奈子の動きや身体のボリュームが伝わってきて、白濁湯の中で堪《こら》え性のない若茎がびくんと反応する。

半球のおっぱいを湯に浮かせた日奈子が間合いをつめてくる。和樹は金縛りにあったように動けない。

「あなたよりも……この子のほうがずっと正直ですね」

細い腕がいきりたつ肉茎に触れた。

「うふ。びんびん……うれしい」

しなやかな五指が、すっかり皮を脱いで露呈した亀頭のくびれにまわり、ゆっくりと肉軸を上下に擦る。

「は……ひいいっ」

男の性感を狙い撃ちした、絶妙な力加減だ。

裸身を見せつけられてからの手コキだ。頭の中が桃色に染まって、とてもがまんしていられない。

「熱いですね。若いから、硬くて跳ねています」

茹《ゆ》だった雄肉を強烈な快感が走り抜ける。

自分か快感を得られるポイントは、自分がいちばん知っていると思いこんでいた。けれど、日奈子の指は別格だ。

「ん……あなたの気持ちいい場所はここですか」

裏すじから陰嚢に続く柔らかなラインを指が這う。

(出会ったばかりで、こんなにいい思いができるなんて。きっと裏がある。でも、チ×ポを握られたら動けない)

脳が疑ったところで、十代の性器は正直だ。

日奈子の指戯を素直に喜んでぐっと反り、亀頭の裾をふくらませる。

「あうう、日奈子さん……どうして俺なんかと」

理知的な美人で、同じ750ccでも国産の三倍以上も高価なイタリアンを駆る女性だ。顔だって背の高さだって並、知性と財力はゼロという男子高校生に興味を示すはずがない。

「和樹さんのバイクの乗りかたが、知り合いに似ていたから」

目が細くなり、口角がふわりとあがった。

「フルブレーキングでコーナーに入って、思いっきりバイクを寝かせて……全開で立ちあがるでしょう？　荒々しくて、ちょっと危なくって」

和樹の肩にまるいあごを乗せてささやく。

「今日、わたしが会いたかった人と、そっくりな乗りかただったから」

日奈子の目が潤んだ。

和樹ではなく、誰かの面影を思っている。それも相手はバイク乗りらしい。

「片思いの相手ですか？　あうっ、気持ちいい」

「ふふ。秘密。でも、あなたのうしろ姿を見ているうちにどきどきして……きっと雨に降られなくても誘っていたと思いますよ」

会話どころか、顔すらわからない和樹のライディングに発情したという。

和樹が「箱根のクイーン」こと有紗に惚れたときを思い出す。

黒いレザーウエアごしの迫力ヒップや、コーナーを攻め立てるライディングに目を奪われ、そして峠でのバトルの最中だというのに勃起したのだ。

バイク乗りの男女だけの、不思議な惹《ひ》かれかただ。

(好きな男に乗りかたが似ていただけで、こんな幸運が転がってくるなんて)

「わたし、自分に素直なんです。遠慮はしません」

湯の中で細い指が竿をしごき、反り返った雄兜の縁をさわさわと撫でる。

「く……はううっ、いきなりエロくて……ああっ」

亀頭の縁を濡れた柔らかな指がなぞる。

「エッチなお姉さんは……きらい？」

「いいえ、大好きですっ」

あまりの快感に、和樹はざばあっと湯から腰を浮かせてしまった。

ぐいと反った肉茎が特撮の怪獣が海から現れるみたいに湯から姿をあらわす。

「あは……このまま、わたしに……まかせて」

んーっ、とキスを求めるみたいに唇を開き、亀頭にかぶせる。

湯よりも熱い吐息に先端が包まれて腰がふわりと軽くなる。

くぽっ、かぽっと小さな口が尿道口をきゅっと吸う。

思わず岩の浴槽に手をつき、肉茎を突き出してしまった。

「く……はああっ」

風呂の縁にかけた下半身がびくびくと痙攣する。

びくっ、びくりっと竿根が震え、尿道を通過した先走りがじわりと漏れる。

(だめだ。すぐにイッたら、日奈子さんが呆れちゃう)

丹田と股間を緊張させ、射精をこらえる。

けれど、お姉さんの的確な舌奉仕は強烈だった。

「がまんしないで。イッてもいいんですよ」

和樹の限界を読んだように、日奈子はふうっと耳に湿った息を吹きかける。

「は……あ。ザーメンの味が好きなの。お願い。口に出して」

日奈子の舌が尿道口に埋まり、指が陰嚢を包んでやわやわと揉む。

「ん……くはああっ、日奈子さん、出るっ」

射精をがまんすることなどできなかった。

どっぷ、どぷううっ。

温泉の白濁よりもずっと濃い、黄色がかった濃厚な精液が飛び出した。

「あ……あっ、ああん……あっ」

出会ってからまだ二時間ほど。

上品な和風美人が眉根を寄せ、雄肉をぱっくりと咥えて射精を受け止める。

「ん……んんっ、んっ」

喉を焼く若精液に目をまるくし、はあんっと鼻をひくつかせていた。

一方的な奉仕で射精してしまった。

「あ……濃いです。ああ……舌が和樹さんの味に染まって」

これでは和樹の、男のプライドが満たされない。

精液まみれの肉茎をずるりと日奈子の口中から抜く。

糸を引いた亀頭は、まだ張りつめていた。

「ん……はああ、じゅるって、なってるわ」

（まだだ。日奈子さんをイカせたい）

十七歳の男根は、一度射精した程度ではまだ脱力しない。ぐっと頭をもたげていた。

3

「んふ……すごい。濃くて……こってりして」

精液を味わった日奈子が微笑む。

湯けむりを身にまとった白い裸身は、美術の教科書に載っていた日本画の天女みたいだ。

（俺だけ先にイカされるなんて情けない。日奈子さんにも感じてもらいたい）

「日奈子さんの手と口が、とってもすてきだったからです」

和樹は精いっぱい大人ぶったセリフで温まった女体を抱き、露天風呂を囲んだ岩に手をつかせる。

「日奈子さんのお尻、バックからするのが似合います」

濡れた背中を撫でる。絹布みたいな触り心地だった。

「あん……和樹さん、若いのにスケベなんだから」

振り返ってくすりと笑う。唇が精液と唾液のミックスで光っている。

栗色の髪が細い首に貼りついている。

和樹は風呂の中でしゃがむ。目の前に、クリームチーズを並べたみたいなヒップが濡れている。

熟れた縦長のヒップは内側の肉づきが控えめだから、ピンク色の陰裂と薄茶色の肛門が仲よく並んでいるのがまる見えだ。

男女の身体で、数少ない共通のパーツであるお尻の穴なのに、女性のすぼまりはどうしてこれほど魅力的なのだろう。

「ああ……日奈子さん、すごくかわいいっ」

年上美女の小ぶりな尻を両手で割った。彼女の革ツナギのストライプを思わせる、パールピンクの肉唇に軽くキスをする。

「お……あんっ」

石に手をついた日奈子が瞬時に悶えてびくりと腰を震わせた。

和樹はびっくりする。愛撫どころか、ただ唇を当てただけなのだ。

(もしかして、すごく感じやすい身体なのか)

まだ女性の扱いに慣れていない自分のクンニリングスにも反応してもらえたのが誇らしい。

「日奈子さんのオマ×コ……おいしいよ」

うれしくなって縦割れの姫口を舌でなぞる。

「ん……は、あぁぅっ」

平常のすんだ声よりも少し低い。

温泉で柔らかく茹だった薄肉の両側に、ちょぼちょぼと細い毛が生えているのがエロティックだ。

内緒の声と隠れ毛が、和樹の興奮を加速させる。

ちゅっと膣口を吸うと、お湯とは違う生ぬるいスープが姫口からにじむ。

「おひっ、ああ……とろけるぅ」

真面目そうな理系美人がはしたなく尻を振って快感におどる。ギャップの大きさがたまらない。

湯の中で先走りが漏れた。射精したばかりだが、十七歳の性欲は底なしだ。

薄い塩味の花蜜でコーティングされた舌を粘膜の洞窟に進めると、目の前にあるミルクチョコレート色のすぼまりがきゅっと縮んだ。

「ほ……ああっ、和樹さんの舌、とってもすてき……」

舌戯を褒められて、つい舌の動きが激しくなる。

「うう……日奈子さんのオマ×コが、ひくひくしてる」

「ふふ。だって、和樹さんが上手だからよ。んふぅっ、もっと……ああっ、奥まで擦ってほしいの」

もじもじと腰を揺すって刺激を求めている。

とろとろの膣道を舌や指よりも長い男の武具で感じさせたい。

「じゃあ……思いきり奥まで、いきますよっ」

和樹はざあっと湯からあがると、四つん這いの白い尻を両手でつかみ、勃起の先端で狙いを定める。

陰裂の深みに亀頭が触れ、ぬちゃっと粘る音が漏れた。

「は……あうぅ、硬い。ああ……欲しいっ」

和樹が突き入れるよりも早く、日奈子が腰をくいっと後方に突き出した。

亀頭がまるごと膣襞に呑まれる。

「あううっ、包まれる……あったかくて……はううっ」

思わず声を漏らしてしまった。

初体験の相手だった有紗のこりこりと男を翻弄する膣襞や、クラスメートで処女だった理佳のきつい膣道とは違う。

「んは……ああっ、やっぱり……和樹さんの、ぴったりです。ああ……ごりごりしてる……ほ……ああん」

男を歓待し、揉みほぐすような絶妙な圧力の淫らな穴だ。亀頭の縁や裏すじといった男の性感帯を、細かい襞が脈打つようにくすぐられる。同時に姫口がきゅん、きゅんと締めるリズムもたまらない。

「ううっ、日奈子さんの中でチ×ポが溶かされる」

ストロークをはじめていないのに、尿道がゆるんで先走りがとぷりと漏れた。

「はんっ、中で太いのがびくんって跳ねる。あん、もっと溶けていいんですよ」

眼下の白ヒップが前後するたびに、水滴が内ももを伝う。

ひくつく肛花の下で、ずっぽりと日奈子の雌穴に収まった肉茎が花蜜にまみれて光っている。

(さっきはフェラですぐイッちゃった。ここでイッたら早漏だと思われる)

年下少年にだって意地がある。

柔らかな尻を猛禽《もうきん》みたいにつかむと、ぐいと肉槍を繰り出した。

「んああっ、和樹さんのペニスが……奥にきてますっ」

ペニス、という用語が女性の口から出ると興奮する。

露天風呂に膝から下を浸けたまま、後背位で貫かれた日奈子が悶えると、湯の表面に波紋が拡がっていく。

「は……あっ、わたしの中……気持ちいいですか」

背中がくねり、肩胛骨《けんこうこつ》がぐっと盛りあがる。

「最高です。くうっ、日奈子さんも感じてほしい」

和樹が根元まで突き入れると、穂先がこりこりした器官に触れた。リング状の粘膜だ。膣道よりもわずかにひんやりしている。

「お……ほああっ、届いてるっ。んはああっ、いいですぅ」

ハスキーな喘《あえ》ぎが露天風呂に響く。雨粒が屋根をたたいていなければ、庭を隔てたほかの客室にも届きそうなほどの大きな声だ。

日奈子の愛車、パンタF1みたいに荒々しいサウンドだった。

結合部からあふれた新鮮な花蜜が和樹の陰嚢を濡らし、白磁の内ももを伝って薄濁りの湯に溶けていく。

肉茎をぎゅんと締めつける圧力が強くなった。

日奈子がゆっくりと振り返る。

肉茎をたたきこまれて鼻を鳴らし、泣きそうになりながらも微笑んでみせる。

「はあぁ……すてきです。和樹さん……今日は、中で出してもいいんですよ」

「う……中出しっ」

膣内射精の誘惑に、思わず精を漏らしそうになった。

(だめだ。もっと突いて、日奈子さんをイカせるんだ)

和樹は丹田に力を入れ、唇をぎゅっと嚙んだ。

膣道から受ける強烈な刺激に耐え、射精をがまんして抽送のペースをあげる。

「く……ひぃいっ、あああぁ……だ、だめ……っ」

がくがくと首を振る日奈子の膣内が熱くなる。

花蜜が粘り、亀頭にからみつく。

「くううっ、日奈子さん……まだだっ、もっと感じさせたいっ」

ぱちん、ぱちんと結合部から肉打ちの音が響く。

「あううっ、だめ。もう……出して。出してぇっ」

「はうううっ、日奈子さん……あああっ」

ピストンスピードは限界だ。

肉茎の根元できゅっと縮んだ少年の肉クルミが、花蜜まみれの陰裂に当たる。

「は……あ、いいっ、ああ……気持ちいいの。和樹さん、はああうっ、出して……わたし、もう……ああっ」

びくん、びくんと膣道が痙攣する。

最奥にある子宮口がほぐれて亀頭を包んだ。

「んはあ、イク……イキますっ」

こりこりした粘膜の壺口《つぼくち》から、熱い蜜がどっとあふれた。まるで子宮が射精しているみたいだ。

「ほ……おおおっ、イッてます……どくどくしてますっ」

「くぅ、日奈子さんっ」

絶頂と同時に姫口が肉茎の根を締める。

ふたりの律動がシンクロし、露天の湯が沸き立つように波打った。

「出して。わたしの奥を、和樹さんのでいっぱいにして」

「くうっ、イキたてマ×コ、きついっ」

射精をせきとめるほどの収縮に和樹の意識が遠くなる。

根元を絞られたままの肉茎に、熱い絶頂汁が浴びせられる。亀頭がぬるぬるの雌シロップで洗われる。

「くあああっ、僕もイッてるのに……出せないっ」

頭が痛くなるほどの快感なのに、射精できない。

「はおおおっ、硬い。ペニスが……ああっ、びくびくして」

エクスタシーに身を震わせる日奈子の膣道が、雄肉を責める。射精の圧力が高まっていく。

「は……ひ。ああ……」

女の長い絶頂が終わった瞬間、唐突に膣道がゆるんだ。

「う……おおおお、やっと……出せるっ」

ど……どくり。どぷうっ。

たまりにたまった雄液が出口を求めて尿道をふくらませる。

どぷり、どぷりと子宮口に白濁を浴びせる。

「熱い……ああん。和樹さんが出してくれた。濃いのね」

息をきらしながら、日奈子が全身を震わせた。

4

和樹が露天風呂からあがると、日奈子がバスタオルで身体を拭いてくれた。

「あの……ちょっと、恥ずかしい」

女性に身体を拭いてもらうのは、はじめてだ。王侯貴族みたいな気分だが、腕を持ちあげられて腋《わき》を拭かれるのはくすぐったい。

「男の子の身体はきゅっと締まってて……おもしろいです」

高級旅館のタオルはふかふかで、天国の肌触りだ。

和樹は高揚し、膣奥に二発目を放ったばかりだというのに、すぐに肉茎は力を取り戻す。

「十七歳って限界知らずですね。ふふ。和樹さん、バイクだけじゃなくて人間もパワーがありあまってるみたい」

バスタオルを身体に巻いた日奈子が目をまるくする。

豪華な茶室を思わせる離れの客室は二部屋続きで、日奈子が障子を開けると、すでにひと組の夜具が用意してあった。

「でもね……ふふ、お姉さんからアドバイスがあります」

「あうっ」

ひんやりした手が勃起を握る。

「和樹さん、さっきの舗装林道で走ったとき、どうしてわたしに追いつけなかったか……わかりますか？」

日奈子の五指が肉茎を優しく包むと、バイクのスロットルを開閉するみたいにくいっとひねる。

しごかれるのとは違う、くすぐったさまじりの快感に和樹は天を仰ぐ。

「わたしを抜こうと意識していたからですよ。だから、自分のペースが乱れちゃうんです。そして……」

肉茎を握る右手に加えて、左手が陰嚢をあやす。

「あう……はああっ、チ×ポが幸せです」

「セックスでも同じです。わたしを感じさせようとしてくれるのはうれしいけれど、がまんしてばかりなのはいけません」

肉茎を引っぱって布団に導かれる。

ひと組の夜具はダブルベッドみたいに大きくて、綿菓子みたいに柔らかかった。

あお向けに寝た和樹の前に日奈子が立つ。

女体を隠していたバスタオルがするりと落ちる。

「ああ……日奈子さん、すごく、きれいです」

露天風呂で全裸は見ていたのだが、和室の中で外光と照明に照らされたお姉さんのふくよかなヌードは格別だ。

半球のバストの頂点で薄紅色の乳首がちょこんととがっている。下腹が柔らかそうで、横に割れたおへそが愛らしい。

恥丘を飾る大人の毛が、きらきらと光る。

「和樹さん、お風呂ではわたしの裸から目をそらしたでしょう。紳士ですね。でも女は……いえ、わたしは、今みたいにじっと見つめられるのが好きです。抱きたい、ヤリたいって視線を浴びると、ドキドキするから」

和樹の腰を日奈子がまたぐ。

視線の先で、ピンクの陰裂がぱっくりと割れた。

膣奥に放たれた精液がこぽりと泡になってあふれ、糸を引いて落ちる。

「バイクもセックスも、自分が気持ちよくなることだけを考えたら、もっと単純で……楽しくなれるんです」

細い脚を大胆に開いて和樹に乗った日奈子は、優しく微笑むと、手で勃起をゆるゆるとしごきながら腰を落とす。

理知的で落ち着いた雰囲気の女性が、大胆な大股開きで陰裂を寄せてくる。

「うふ。若くて元気な和樹さんで……遊んじゃいます」

濡れた陰唇が亀頭にちゅっとキスをする。

「くうぅ、ちょっと触っただけでも気持ちいいっ」

ぬるぬるした女の花蜜が熱い穂先にトッピングされる。

「あん……和樹さん、わたし、いやらしいんです。だから、自分が感じるつながりかたをします……んんっ」

一ミリずつ刻むように嵌合が深くなる。

日奈子のまぶたが閉じ、はあっ、という吐息が漏れる。

とても静かな挿入だった。

(俺のやりかたとぜんぜん違う。これが日奈子さんが好きな挿れかたなのか)

男性経験を積んだ女性は雄肉で一気に貫き、膣奥までずんと突くのが好みだと思いこんでいた。

けれど日奈子は、深く結合してから味わうように腰を揺らすのが好みらしい。和樹が深夜のラジオ放送や若者むけの雑誌で得た知識は役に立たない。

「わたし……浅いところをペニスで撫でるのが好きなんです」

騎乗した日奈子の、開いた太ももの内側に細いすじが浮く。

ほんの数センチだけ、上下に腰を揺らしはじめる。

「う……あああっ、チ×ポが擦れて、じわじわするっ」

「うふ。くすぐったいですか。がまんしてくださいね」

黒革ヒップの有紗を相手に童貞を卒業したときも騎乗位だった。深く結合し、激しく互いの性器をぶつけ合った。

ついさっき風呂で日奈子を後背位で貫いたときは根元まで挿入し、子宮口をノックするように動かすと感じてくれた。

けれど、今の騎乗位はまるで違う。日奈子は膣道の浅瀬に亀頭を止めて、ワルツをおどるように腰を振る。

激しさとはほど遠い、優雅な動きだ。

「はんっ、ペニスの縁でスリスリされるの、好きです。んんっ、は……ああ」

ふっくらした唇の端が唾液で濡れている。

柔らかな膣襞がさざなみのように肉冠を撫でる。

小刻みな腰ふりがピンポイントの快楽を和樹に与えてくれる。

「うう。はじめてです。少ししか動かないのに、僕もすごく……気持ちいいっ」

嵐のように激しい行為から快感が生まれると思っていたのに、ごくわずかなピストンだけで甘ったるい性感がわいてくる。

「うれしい。でも、わたしは……もっと感じてるんですよ。ああんっ、自分勝手だけど、こうして少しずつ動くだけで……頭の中が真っ白になるんです」

男にまたがって挿入のリズムを刻む膣奥から、熱い花蜜がにじんで亀頭を覆う。

最小限の動きで快楽を得る巧みな騎乗位ダンスに、既視感があった。

(日奈子さんのバイクの乗りかたに似てるんだ)

路面が濡れて滑りやすい、狭くて荒れた舗装林道を、日奈子のパンタF1はブレーキもアクセルも最小限、そしてコーナーでもバイクをべったりと寝かせることなく、スマートにクリアしていった。

和樹が激しいブレーキングで間合いをつめ、タイヤが滑る覚悟でRZを深くバンクさせ、パワーをフルに与えて立ちあがっても、どんどんイタリアンカラーのパンタF1は離れていったのだ。

「んっ、和樹さんのペニス、わたしにぴったりです。大好きな場所をくりくりされて……ああんっ」

最小限のストロークと繊細な腰の動きだけで快感を得ている姿が、バイクでのスムーズなライディングを思い出させたのだ。

(わかったぞ。激しく動かせば女の人が悦《よろこ》ぶってわけじゃないんだな。よし。試してみよう)

和樹は両手をさしのべ、上下に揺れるバストに当てた。

「日奈子さん……今度は、僕が動きます」

成熟した、ふんわりとした握り心地だった。

今までの和樹なら乳房をぐいぐいと揉み、乳首をきゅっとつまんでしまったろう。だが、今日は違う。

慈しむように柔肉を手に包み、温めるように覆う。

「あ……あん。上手です。わたしの身体のこと、わかってもらえてる」

びくんと震えた日奈子の身体が、和樹の手になじんで弛緩するのを待って、探るように腰を浮かせる。

「ん……ふ」

ほんの数ミリ膣道を穂先で擦っただけなのに、日奈子は反応してくれる。数秒こらえて、そっと腰の力を抜く。リラックスした女体は自重で結合を深めてくれた。

「は……あん、和樹さん……んん」

年上の女神が、うれしそうに微笑む。

和樹が思ったとおりだ。激しく肉茎を打ちこんだり、腰の動きで翻弄したりする必要はない。

膣道のわずかなふくらみを亀頭の縁で小刻みに擦るだけで熟れた女体は感じるようにできているのだ。

「あん、すてきです、和樹さんの硬くて熱いペニスがわたしを喜ばせてくれて。ああん、いやらしい」

和樹の両手の中で、乳房が熱を帯びる。とがった乳頭が手のひらで滑る。

日奈子が身体をくねらせるときは、あえて腰を動かさない。数秒たつと男女の結合が落ち着く。そこでゆっくりと上へ。少し休んで、肉茎を引く。

静かな動きなのに日奈子の頬は紅潮し、開いた唇の中で舌がおどっていた。

「あ……あんっ、感じちゃう。ううっ、和樹さん、わたし……イッちゃいそう」

絶頂しそうだと教えられても、性急に抽送のペースは変えはしない。

日奈子の膣道を一定のペースで擦ってやる。

「はおお……いい、すごくいいです。和樹さんったら、悔しいくらい上手っ」

にちゅ、くちゅっと結合部から花蜜が漏れる。

汗で輝く下腹が、呼吸に合わせて収縮している。

やがて、膣道にも変化が起きた。

「くうっ、日奈子さんのオマ×コが震えてる」

重なった粘膜のリングが波打って雄肉にからむのだ。

唇に似た粘膜が肉茎のくびれをきゅっ、きゅっと締めて射精させようと蠕動《ぜんどう》している。

「あうっ、オマ×コに奉仕されて……僕も気持ちいいっ」

「あ……あん。わたしの中が……和樹さんを喜ばせているんですね。うれしい」

自分が絶頂するための動きが和樹をも感じさせているとわかって、日奈子は安心したのだろう、艶やかな笑顔でのけぞった。

「は……ああっ、日奈子さん。いつでもイッて。僕も……イキますっ」

同時に絶頂したいという思いはある。けれどそのためにがまんして、相手を無理にイカせようと思わなくてもいい。

男女がそれぞれ愉《たの》しめばいいのだと、日奈子は教えてくれた。

そう悟ったら、気が楽になった。

フィニッシュだからといって激しく動く必要もない。

ゆるやかな膣のさざなみに雄肉を泳がせるだけだ。

「うふ。わたしがエッチになるところ……ちゃんと見ていてくださいね」

膣道の浅瀬で、肉茎の半分も埋まっていないのに、強烈な快感が得られる。

やがて、日奈子の身体が熱くとろけるのがわかった。

「いい……いいっ、あーんっ、イキますうっ」

びくん、びくんと背中を震わせる。

膣道の奥から熱いシャワーが亀頭に浴びせられる。

快楽を呼ぶエネルギーみたいに蠱惑《こわく》的な温かさだった。

「ああ……日奈子さん、僕も……出ますっ」

ど……とぷっ、とぷうぅっ。

エクスタシーに身を委《ゆだ》ね、脱力した日奈子の上体を両手で支えながら、和樹は膣道に三度目の雄液を放つ。

「あ……はあん、わたし……和樹さんに会えて、幸せです」

抽送は静かで繊細だったのに、日奈子のキスは情熱的だった。

柔らかな布団の中で、和樹は日奈子の唇に翻弄されつづけた。

しばらくして目を開けると、窓が明るくなっていた。まどろんでいたようだ。

雨はまだ降りつづいていたが、だいぶ弱くなっている。

「とっても……すてきでした。わたし、忘れません」

日奈子は和樹の胸に顔を埋めていた。

「僕も忘れません。でも、あの……」

和樹には引っかかっていることがあった。

「日奈子さんは誰かに会いに来たんですよね。僕は彼の代わりになれましたか」

他人の身代わりだとしても、日奈子の慰めになったのならうれしい。

だが、女性がひとりで旅館に泊まってまで箱根を走りに来たのは、深い事情があるのかもしれない。

バイク乗りだというその相手はもはやこの世にいないのではないか。

遠まわしに聞いてみると、日奈子は一瞬きょとんとしてから、くすくす笑った。

「違うわ。会いたかったのは女性です。今日は雨だから峠には来なかったのね」

「なんだ。バイク仲間の女性なんですね。安心しました」

ほっとため息をつくと、日奈子がネコをあやすようにあごを撫でてくれた。

「朝の和樹さんみたいに危ない乗りかたをする子なの。でも……お尻がかわいくて、黒いバイクウエアが似合って、ちょっとだけ……ううん、かなりエッチで」

その女性の姿を思い出しているようだが、日奈子の目が妖しく光った。

「キリッとした目が、とってもすてきなのよ」

「えっ」

和樹の脳裏に、黒革ヒップの有紗の姿が思い浮かんだ。

「ふふ。でも……今日のわたしは和樹さんに夢中ですから」

汗で湿った腕が和樹の首に巻きつく。

「雨があがるまで……もっと、楽しみましょう」

唇が胸板を這う。

脱力していた若茎が、ぴくんと反応した。

第四章　制服タンデムの体温

1

「うわあ、水がすっごく気持ちぃぃ」

砂浜を走っていった高木茜《たかぎあかね》が、打ち寄せる波に裸足《はだし》を洗われて、楽しそうに笑っている。

海は冷たいはずなのに、気にしてもいないようだ。

夏服の半袖セーラー服の裾がひるがえって、ちらりと日焼けした肌が見えた。

(中学のときはただのガキだと思ってたのに)

中学時代の茜は和樹の一学年下で、ソフトボール部のピッチャーだった。

放課後にはよくハーフパンツ姿で、生傷が絶えない長い脚を披露して、キャッチボールの練習をしていた。

とはいえ、当時は刈りあげた髪や日焼けした肌のせいで男子生徒みたいだった。

柔道部だった和樹とは帰る方向と時間が重なって、いつの間にか会話を交わすようになった。

明るくて楽しい後輩だったが、当時の和樹は、ボーイッシュというよりも女らしくない茜を異性として意識したことはなかった。

和樹と同じ高校に入学した茜は、今もソフトボールは続けている。けれど部活には身が入らず、サボりがちらしい。

今の茜は一年生の中でも派手で目立つ存在だ。校則違反ぎりぎりの焦げ茶に染めたショートの髪が、波に反射した光で照らされる。

「先輩もこっちに来ればいいのに」

砂浜に茶色のローファーを置き去りにして、波打ちぎわに足首まで沈めた茜が振り返る。

リスみたいにくりっとした目で和樹を見つめ、高級なサクランボみたいに艶やかな唇で微笑む。

中学時代には見たことのなかった、男に媚《こ》びつつ、からかうような顔だ。

どんな表情をすれば自分が魅力的なのか、もう知っているのだ。

「やめとくよ。ズボンの裾が濡れたら運転しにくいから」

「脱いじゃえばいいのに。先輩のパンツなんて見ないし」

「まあ、パンツの丈はおまえのスカートと同じくらいだけど」

同じ高校なのに、学年が違うと流行も異なる。

茜たち一年生のあいだでは制服のスカート丈を短くつめるのが流行らしい。

改造プリーツスカートはショートパンツよりわずかに長い程度で、太ももの半ばまで露出している。

波打ちぎわで遊ぶ後輩女子を、もっと近くで観察したい。

けれど高校二年生男子は自分の欲求をあらわにするのが恥ずかしくて、乾いた砂浜で立ったままでいる。

茜の視線が駐車場に停めた、和樹のＲＺ２５０に向いた。

「先輩のバイクって黒くて細くて……なんか上品だけど地味っぽい」

「おまえの彼氏のバイクが派手すぎるんだよ」

茜が変わったのは、高校に入ってからできた恋人の影響だ。

学年が違う和樹にも、入学してから一気に目立つようになった背の高い一年生の噂は流れてきていた。

「先輩のバイク、一度うしろに乗ってみたかったんだ」

今日の茜の登場は、唐突だった。

授業が終わり、和樹がバイク通学の隠し場所にしていた公園に戻ると、制服姿の茜が派手なペイントをした半キャップのヘルメットを持って、RZの脇で待っていたのだ。

「うしろに乗せて。海に連れていって」

知っている後輩に頼まれては断る理由などない。タンデムシートに女子を乗せるのは、高校生ライダーの憧れのシーンだ。

とはいえ、彼氏持ちの後輩とのタンデムは複雑な気分だった。和樹の背中に当たる夏服セーラーごしの柔らかな乳房をずっと意識してしまった。

茜が身体を和樹に密着させていたのは、改造ミニスカートのせいだ。風であおられるスカートの裾を両手で押さえていたのだ。

和樹はコーナーを攻めるのは得意でも、女の子をうしろに乗せる機会はほとんどない。ゼロヨン好きでクラス委員長の理佳が、限界までパワーを出そうとチューニングしたカワサキAR80のエンジンを壊したときにレスキューした程度だ。

茜は中学まで凹凸のない、性別不明なスタイルだった。それなのに今は大きなメロンパンみたいな乳房がセーラー服を押しあげている。

海までの数十分、ずっと和樹は学生服の背中に意識を集中していた。

（彼氏に揉まれまくって、おっぱいが大きくなったのか……ちくしょう）

嫉妬《しっと》と怒りと羨《うらや》ましさが頭の中でミックスされて運転に集中できず、高回転型のRZのエンジンが駄々をこねるほどにゆっくり走ってきた。

観光客にも人気の、海岸沿いの国道を走って、シーズン前で人影もまばらなビーチに降りたのだ。

「先輩、せめて足だけでも海につけたら」

茜に誘われても波打ちぎわに行けないのは、さっきから制服のズボンの中で勃起が鎮まらないからでもある。

「海に来たかったなら、彼氏に頼めばよかったじゃないか」

茜は入学してすぐに三年生の男とつき合いはじめた。

地元では有名なモテ男だ。

背が高くて洋風の顔立ち。家は金持ち。

しかも、不良だ。不良はモテる。

取り巻きの女子をとっかえひっかえしていると聞いた。

そのうちのひとりが、入学したばかりの茜だった。

和樹は彼のバイクを見るだけで人となりを想像できた。

ホンダCBX400Fの、いわゆる族車だ。

ハンドルを手前に絞り、耐熱塗料で赤く塗った直管マフラーに、羽根つきのテールカウルを持ちあげて、エビ反りした姿に改造している。

ターミナル駅のロータリーや海岸沿いの国道で、茜をタンデムシートに乗せて、仲間といっしょに爆音をまきちらす姿を和樹もよく見かけた。

中学時代は子供っぽくて無邪気だった茜が、おどろおどろしい当て字の落書きをした半キャップのヘルメットをかぶって遊ぶ姿はあまり見たくはなかった。

(茜のやつ、自分の彼氏がどんなにヤバいやつなのか、まだ気がつかないのか)

茜の恋人は、本気の暴走族とは違う。

八〇年代も後半になると、総長やら単車頭といった序列があり、暴力団とも接点を持つ昔ながらの暴走族はダサい、古いといわれて減っていった。

代わりに暴走族スタイルに改造したバイクやスクーターで集まり、夜な夜な爆音を立てる連中が増えていた。

縄張を争うことはないが、バイク好きというよりは騒音好き、派手好きの集まりだ。十八歳になれば四輪に乗りかえる。

とうぜん、警察や地元民からは嫌われる。無駄に敵を増やす連中だ。

和樹のような峠の走り屋は、地元車にはなるべく迷惑をかけず、バトルのあとは缶コーヒーを片手にタイヤ談義だ。喧嘩《けんか》などめったに起こらない。

「あたし……先週、フラれちゃったんです」

素足を波に洗わせていた茜が和樹を見つめていた。

太陽を背にしているから、後輩少女の表情はよくわからない。

「えっ……ああ、別れちゃったのか」

十七歳の和樹の脳は七割がバイク、二割が留年を避けたいという願いのために使われている。残る一割の脳細胞では、失恋したばかりの一年生女子を慰めるほどの能力はない。

「ええと……おまえはあの先輩にはもったいなかったよ。もっと茜にぴったりのいい人が見つかるって」

どんな態度を示していいかわからずに、和樹はうつむいて砂浜を眺める。

「えいっ」

いきなり和樹に向かって、アンダースローで白い塊が飛んできた。

休みがちでも、さすがはソフトボール部。コントロールは正確だ。

両手でキャッチすると、いびつな布の塊は濡れていた。

「なんだよ。びっくりした」

茜が波打ちぎわからあがってくる。

「えへへ。先輩、持ってて」

ぷっくりふくらんだ唇を手の甲で隠して、茜が意味ありげに笑うと、浜にそろえていた焦げ茶のローファーを素足に履いた。

和樹は投げつけられた布を拡げる。ぐっしょりと海水を吸っていたのは学校指定のソックスだった。

白い生地が砂まみれだ。

「ハンカチ、カバンに入れっぱなしだったから」

濡れた足を、脱いだソックスで拭いたのだ。

朝から夕方まではしゃいで、放課後にはクラスメートと遊びに行ったり、ときには元カレのバイクのうしろで街を走った高校一年生のソックスだ。足の裏に当たるエリアはグレーに汚れて薄くなっていた。

思わずソックスをぎゅっと握ってしまった。

じわりと生地から液体が染み出す。

海水ではなく、汗でぐっしょり濡れたように錯覚して、和樹はどきりとする。

トランクスの中で勃起が苦しい。

「うふ。先輩の顔、真っ赤になってる」

ミニスカートの裾がひるがえって、健康的な太ももが逆光に照らされる。あとわずかで下着が見えてしまいそうだ。

早く家に帰って自慰で解消したい。

「そろそろ帰ろう。家まで送ってやるよ」

和樹がバイクに向かって歩き出すと茜がうしろから飛びついてきた。学生服の背中に、前髪をぐりぐり押しつける。

「先輩、ありがとう。海まで連れてきてくれて。あと……あたしが捨てられたのをからかわないで、慰めてくれて」

茜は笑っていたけれど、目が赤い。頬には涙が伝った跡が残っていた。

駐車場に停めたRZに戻り、キックペダルを踏んでエンジンを始動する。

パン、パンと白煙を吐く2ストロークのアイドリングが波の音を消す。

「元カレのよりずっとおとなしい音なんだ」

RZにつけたイノウエのチャンバーは決して静かではない。だがサイレンサーのない元カレのCBX400Fに比べれば、はるかに上品な排気音だ。

和樹はハンドルにかけてあった茜のヘルメットを手にとる。

「仏恥義理」だのなんだのと下手な漢字で落書きされた暴走族御用達の半キャップだ。元カレがくれたのだろうが、顔はまる出しで脱げやすく、転んだら一発で死ねるシロモノだ。

和樹は自分のフルフェイスを茜にかぶらせる。

「万一転んだら、半キャップじゃ危ないからな」

代わりに和樹は、自分が半キャップをかぶる。

「……ふうん。先輩って女には優しいんだ」

和樹のうしろにまたがろうとしたとき、制服のミニスカートがまくれて、光沢のある水色の三角が脚のつけ根からちらりと見えた。

「すけべ。先輩、すっごい見てる」

半キャップだから、和樹の視線が向く先がすぐにバレてしまった。

恥ずかしくなって、無言のままRZをスタートさせる。

平日の夕方だ。海沿いの国道は空いていた。

(茜のくせに、エッチなパンティを穿きやがって)

運転しながら小さな水色の布を忘れられない。

ひとりで走るときとは違う。制限速度以下、教習所で教わるよりも車間距離を開けて、ゆっくりとクルージングだ。

観光地の国道はにぎやかだ。ファミリーレストランにサーフショップ、Tシャツ屋とボーリング場に土産物屋が並んでいる。

「……ませんか？」

首すじにかじりついた茜がなにか叫んだ。

信号待ちで振り返ると、フルフェイスのシールドが閉じたままだ。和樹がグローブをした指でシールドを持ちあげてやる。

自分のヘルメットに違う顔が収まっているのは不思議な感覚だ。

「先輩……言わないんですか。こういうとき」

「ん？　なんのことだよ」

茜の返事を聞く前に信号が青に変わった。

ゆっくりと半クラッチでスタートする。

家族むけのレストランや土産物屋がとぎれ、ヤシの木をエントランスに並べた窓のないビルや、コンクリート製のくせに地中海風の平屋が並ぶエリアになる。

休憩は二千円、宿泊は四千円からと看板にある。

「ふう。鈍感っ」

左耳のうしろで、茜が深呼吸した。

「あのうっ、先輩っ！」

半キャップから出た耳を、少女のソプラノが震わせる。

「こういう……いい雰囲気なのに『休んでいこう』って言わないんですかっ？」

「えっ」

思わずブレーキをかけてしまった。

「あたし……ああいうとこ、入りたい」

茜の指さす先に、ローマ字のネオンがあった。

2

駐車場の入口には黒いゴム製のカーテンがかかっていた。

八〇年代にはナンバープレートの数字を陸運事務所で照会すれば、誰でも車の所有者を調べられた。

だから浮気調査などの対策で、ラブホテルでは外から車が見えないようにカーテンで目隠ししてあったのだ。

和樹には、はじめてのラブホテルだ。

RZで突入し、半キャップごと、顔を分厚いゴムカーテンでたたかれた。

「先輩、もしかしてラブホ、はじめてですか」

無機物に顔面を平手打ちされた痛みをこらえて駐車場にバイクを停めると、茜が心配そうに顔をのぞきこんできた。

茜は元カレに幾度も連れこまれたのだろう。

後輩にバカにされるわけにはいかない。

「そんなことないよ……俺が行くラブホよりゴムカーテンが厚かったんだ」

自動ドアから中に入る。

正面のパネルには写真つきの部屋のリストがある。

極彩色のベッドや大きな風呂など、どの部屋も、さあ、お客さん、限界までセックスしてくださいよ、といわんばかりの威圧感だ。

部屋の選びかたがわからずにまごついていると、茜がさっと横から手を伸ばして、いちばん安い部屋のボタンを押した。

壁の小窓から中年女性の顔がのぞいた。

学生服とセーラー服の若いカップルに一瞬だけ眉をひそめる。だが、すぐに大きなキーホルダーのついた鍵《かぎ》が小窓からあらわれた。

（よかった。高校生だと断られるかと思った）

いらっしゃいの挨拶《あいさつ》も、部屋への行きかたの説明もない。

「やっぱり先輩、ラブホ初体験でしょ」

茜がどうしていいかわからずに直立不動だった和樹の腕を取って、ロビーの奥にあるエレベーターに導く。

四角い箱の中には甘ったるい香水の匂いが残っていた。

「わからないよ。なんで俺をホテルに誘ったんだ」

つき合ってと告白される雰囲気ではない。ただバイクのうしろに乗せて海に連れていっただけの後輩だ。

茜は恥ずかしそうに頰に手を当てる。

「あの……ばかみたいだけど、あたし、バイクの振動で、ぐっしょりになって」

エレベーターが停まった。

茜は和樹の袖を引っぱって廊下に進む。

「元カレのバイクのうしろに乗ってると、振動でエッチな気分になっちゃってたの。だから、フラれてからは寂しくて。バイクに乗せてくれる人って思ったら、先輩が最初に思い浮かんで……」

バイクの振動が少女の陰裂を刺激するのだ。

(そういえば、一輪車のサドルで感じちゃう女の子もいるって、エロ雑誌に書いてあったな)

「あー、エッチな想像してるでしょ」

秘密を打ち明けてすっきりしたのか、茜が腕をからませてくる。

半袖セーラー服ごしに柔らかなバストが潰れる。

「バイクを持ってるから、俺が誘われたのか」

「それに、えへへ、あの、先輩ってチ×チンがあんまり大きくなさそうだから」

「ひどいな。傷つくよ」

和樹が顔をしかめると、茜は意外そうにきょとんとする。

「えっ？　だって……大きすぎたら痛いじゃないですか。それに疲れるし」

もつれるように、部屋に入った。

煙草《たばこ》と香水が混じった匂いを浴びて、茜の身体がきゅっと緊張する。

「エッチな女の子って嫌いかなあ」

「いや、そんな……」

はじめてのラブホテルは想像していたよりも、ずっと淫靡《いんび》な空間だった。

「うわ……すごいな」

部屋の中心に黒い布団をかけられた赤いベッドがある。

並んだ枕のうしろ、長いヘッドボードにはスイッチが並んでいる。子供むけ特撮の司令室みたいだ。

「先輩、座って」

学生服の上着を脱いでソファに向かおうとした和樹を、茜がベッドに招く。

「うふ。先輩、緊張してる」

茜はベッドではなく床に膝をついた。

ソフトボールを握っている場面しか思い出せない、長い指が学生ズボンのベルトを引っぱる。

「お、おい……ちょっと、こういうホテルだと、先にお風呂に入ったりしてから……だろう」

ドラマや映画で得た知識だ。だが、茜の手は止まらない。

「だって……男の人って、ホテルに入ったらもうがまんできないんでしょ？」

茜がファスナーをおろすと、両手で学生ズボンと下着を一気に引き抜かれた。

(こいつ、男に慣れてるんだな)

ショックだった。ついこの前までグラウンドを走りまわっていた後輩が、男の下半身をむき出しにする。

若い肉茎は和樹の思いなど影響せずに、ぶるんと急角度を示していた。

「あっ、先輩、さっきのセリフは撤回。そんなに小さくないですね。ギンギンになってる。いやらしい」

ついこのあいだまで、面倒だからと、スカートの下にジャージを穿いたまま通学したり、前髪がうっとおしいからと、工作用のハサミを使ってざくざくと自分で切っていた後輩が、今はうれしそうに勃起を見つめている。

(元カレのチ×ポを見慣れてるってことか。悔しいな)

茜の指が肉茎のくびれにまわる。

「あううっ。茜の指がひんやりして、柔らかくて」

茜が絶妙な圧力で肉茎を握る。

「あーん、もうたらって出てる」

漏れてしまった先走りの露を、細い指が亀頭に塗りひろげる。男を感じさせるのに慣れた動きだ。

「先輩のチ×チン、先が太くて握りやすい」

バイクのスロットルグリップをまわすみたいに肉軸をひねられた。

「茜、その握りかた……気持ちいいっ」

生意気な後輩の手に性器を委ねて情けなく悶えてしまう。

「あは……先輩のチ×チンが跳ねてる」

茜はちろりと唇をなめると、ベッドに座った和樹の股間に顔を寄せてくる。

白い歯のあいだから漏れた高校一年生の吐息が、敏感な亀頭をくすぐる。

「だっ、だめだよ。せめて、シャワーに入って……あううっ」

伸びた舌が尿道口に触れた。

(信じられない。茜にチ×ポを舐められてる)

「んふ……男の人は洗ってないのをしゃぶらせるの、好きなんでしょう?」

反り返った雄肉をゆっくりとしごきながら亀頭を、れろっ、れろっと下品な舌遣いで刺激する。

「ん……はあっ、先輩のチ×チンってこんな味なんだ。濃くてエッチだなあ……

うふ。もっとしゃぶっちゃう」

茜の口調は淫乱そのもの。

けれど、亀頭をぱっくりと咥えながらも、目はどこか悲しそうだ。

(元カレにしこまれたのか。茜は真面目だから教えられるままに……)

茜を捨てた三年生はルックスがよくて背が高く、おまけに金まわりもよい。世間知らずの茜をおもちゃに育てるのは簡単だったろう。

「んほ……先輩の味、どきどきする。あたしの口を使って。どぴゅどぴゅして。あたしを……おもちゃにして」

淫らなセリフを交えて、洗っていないペニスを、くぽっ、くぽっと頬をへこませてしゃぶっている。

「髪とか耳とか、ぎゅっとつかんで、口をがんがん犯してもいいよ」

「え……口を、犯すって」

意味がわからずにためらっていると、茜は手を伸ばして和樹の両手をショートカットの頭に導いた。

「ああん……好きに動いて」

進んで和樹に、頭を押さえさせたのだ。

男の股間に顔を埋めた茜は口を大きく拡げ、亀頭を舌根まで呑みこむ。粘膜に穂先が包まれた。

わずかにざらついて芯のある舌と、つるりとした口蓋《こうがい》の粘膜に挟まれて、びりびりと亀頭がしびれる。

「くあああっ、茜の喉……たまらないっ。あううっ、だめだ……すぐ出る。出ちゃうよっ」

和樹が年上なのに、情けない声を漏らしてしまった。

とろりと漏れた先走りが少女の舌を汚す。味蕾《みらい》に男の塩味が染みたのだろう、茜の耳がピンクに染まる。

先太りの勃起で口を征服された後輩少女が漏らす吐息が亀頭を刺激する。

「ほ……先輩ぃ、あたしの口、めちゃくちゃにして」

唇を大きく開いて、口腔《こうこう》ピストンをねだっている。

たまらなくなって、無意識のうちに和樹の腰が浮き、茜の喉を突く。

「んく……こふうっ」

茜の吐息が熱い。

(だめだ。茜を道具扱いしたくない)

けれど頭で理性が働いても、本能で腰は止まらない。

「んほ……あ、先輩のチ×チン……あが……ぁっ」

茜は喉で男根を愛撫する。

苦しそうに喉を鳴らしながらも、もっと深く呑みこもうとするのだ。

「もっと……んがああっ、喉まで犯してぇ……」

茜はハードなイラマチオを求める。

ところが目の端には涙が浮かび、鼻は苦しそうにひくついている。

(ひょっとしたら、元カレに教えられたとおりに演技してるのか)

もともと素直で人を疑わないタイプの後輩だ。

遊び人の元カレに淫語や大胆なフェラチオをしつけられたのではないか。

「待てよ。無理しなくても……あうううっ」

「んん……んっ、ガッチガチのチ×チン……んんっ、おいしぃぃ」

茜の舌が亀頭に巻きつき、肉軸を強くしごかれる。

男の快感エリアを知りつくしたテクニックだ。

高校一年生とは思えない。

「は……あうぅ、イッちゃうよっ」

ぷりっとした若い唇と温かな舌、絶妙な力加減の指戯というトリプルプレイで追いつめられる。

「く……はあっ、茜の口に……出るっ」

和樹は大きくのけぞった。

「んは……おこっ、せーえき、欲しい……」

勃起を深く咥えたまま茜がしゃべると、甘ったるい声が亀頭の縁を震わせる。

限界だった。強烈な快感に脳がしびれる。

「く……あああっ、イクっ、茜……ああっ」

和樹のうわずった声がラブホテルの窓のない部屋に響く。

肉茎の芯を通って、熱い雄オイルが噴き出す。

どっく。どぷうっ。

「あううっ、茜の口に……出てるっ」

童貞の雄汁は大量だった。

「んはっ、おご……こふうっ、先輩のエッチな液、熱いっ」

舌根に濃厚な精液をぶちまけられた茜は、目を白黒させている。

「ああん、どろっどろで、苦い……」

涙目になりながらも、肉茎への奉仕は忘れない。

射精のために作られた人形みたいだ。

断続して放たれる精液をすべて口中で受け止めた。

(茜が尿道を吸ってる。チ×ポが引っこ抜けそうだ)

さらに根元から先端まで唇でしごき、最後の一滴まで口に含む。

「んほ……ぉ。先輩、うう……出しすぎ。たくさんだよぉ」

少女が喉にからむ精液の苦しさを訴える。

「あは。先輩の……精液って、すっごく濃い。でも……」

珍しい味のアイスクリームでも食べるみたいに、くちゅっ、くちゅっと頬をふくらませて、斜め上に視線を向ける。

「優しい味です。きっと先輩と赤ちゃん作ったら……幸せになりそう」

茜は、こくん、こくんと喉を鳴らして、新鮮な雄液を飲みこむ。

「ああっ、茜……無理しないで」

だが後輩は首を横に振り、精液を最後の一滴まで飲みほした。

「んふ……ぜんぶ、のんじゃったぁ」

証明するように大きく口を開き、舌を見せびらかす。

ピンク色の健康的な舌が唾液で光り、うねる。
（茜ってほんとにエロい女の子なんだ）
煙草の臭いが染みついたラブホテルの部屋に、茜の肌と髪の匂いが加わる。
甘酸っぱくて、アーモンドにも似た香ばしさだ。
少女の発情アロマは男にとってのハイオクガソリンだ。
雄のピストンがぐっと太り、パワーが満ちる。
「まだ……満足してないでしょ？」
女子の唾液でてらてらと光る亀頭に、茜が目を細める。
十七歳の精力は衰え知らずだ。
「もっと、すごいことして」
茜が立ちあがった。
半袖セーラー服が、汗で肌に貼りついている。
短く改造した紺色の襞スカートの裾から日焼けした太ももが伸びている。
「あたしで、もっと遊んでください」
茜はベッドにあがると、媚びた表情を浮かべる。
笑顔なのに、大きな目には憂い、あるいは哀しさみたいな、和樹の知らない感情が宿っていた。

3

真っ赤なフレームのダブルベッドに、光沢のある黒い布団がかけられている。

その中心で、セーラー服姿の茜が、猫の伸びみたいなポーズで這う。

「ん……先輩、あたしのお尻……見てください」

「くうっ、茜のポーズ、エロいっ」

裸になった和樹は、茜のうしろで正座して、制服少女の尻を鑑賞する。

(知らなかった。茜ってお尻がまるくて、大きいんだ)

後輩の身体はいつの間にかすっかり少女から女になっていた。

しかもその高校一年生の身体を、女遊びに長《た》けた三年生の元カレはさんざんもてあそび、男根への奉仕を教えたのだ。

茜が四つん這いで若尻を揺らすと、プリーツスカートの裾がずりあがった。

現れたのは鮮やかな水色のショーツだった。

(大人っぽくてエッチなパンティだ、高校生のくせに)

和樹はまるいヒップに挟まれた谷に食いこむ下着を凝視する。狭いクロッチの両側から、数本の陰毛が漏れている。

きっと元カレとのセックスで愛用した下着なのだろう。飾りのレースは傷んでいて、クロッチは色落ちしていた。

縦長の皺の中央に、小さな染みがあった。

（中学までガキっぽかった茜が男を知って、オマ×コを濡らしてるなんて）

自分の知る後輩は、すっかり女の身体になっていた。悪い男にセックスをしこまれた挙げ句に捨てられたのだ。

「このパンツ、濡れてて恥ずかしいから……脱ぎます」

和樹の目から三十センチ先で、するすると水色の下着がおろされていく。

にちゃ……っ。

クロッチが陰裂から剝がれる瞬間に、淫らな水音が聞こえた。

「あーん、エッチな音、やだぁ」

ベッドに正座していた和樹は、思わず顔を寄せてしまった。

下着にこもっていた湿気が、和樹の鼻腔に押し寄せる。

太陽を浴びた健康的な汗とは違う。

ねっとりと濃くて、鼻の奥にねばりつく雌の匂いだ。

中学時代、和樹は無人の女子更衣室をのぞこうとしたことがある。鍵のかかったドアから中は見えなかった。

けれど隙間に鼻を突っこんで嗅ぐと、今の茜と同じ、錆《さ》びた鉄と湿った木、そしてアンモニア臭が混ざった、新陳代謝の激しい思春期少女の性と生の匂いが和樹の脳をかきまわした。

「先輩……ああん、顔が近いです。息がいやらしい」

「男だったら、もっと近くで見たいのは当たり前だよ」

うしろから見る脚は膝上まで日焼けしていた。尻の双丘は大きなソフトボールみたいにまるくて白く、つるりとしている。

自然なままの、水草を思わせる恥毛が、花蜜に濡れてふっくらした大陰唇に貼りついている。

うつ伏せになった茜の恥丘にも、数センチの長い恥草が育っていた。

茂みの内側にきらきら光る珊瑚《さんご》色の陰唇が割れていた。

艶やかなピンクの洞窟から花蜜がとろりとあふれる。

「くう……茜のオマ×コ、すごくきれいで……いやらしい」

「あは……そんなとこ褒められたの、はじめて」

元カレはこんなに神秘的で精密な少女のパーツを見ても、感動しなかったのだろうか。なんともったいない。

特等席で見惚れいる和樹の前で、茜の両手が自分から尻肉をぐいとつかんで左右に割った。性器や肛門を見せつけるポーズだ。

くちゅっ、と淫蜜が鳴る。

「くうう……拡がって、ああっ、まる見えだ」

恥裂がぱっくりと割れる。大胆なふるまいに和樹は息を呑む。

「チューリップみたいなピンク色で奥まできらきら光ってる。すごくエロいよ」

「あーん。感想なんか聞きたくない。スースーする」

自分から性器をさらけ出すのはやはり恥ずかしいのだ。

「がまんしないで。男の人って、大きくなったらすぐに挿れたいんでしょう」

交尾をねだる獣のポーズで誘いをかける。

「いや……そうだけど、おまえ、無理してないか」

「してないよ。だって……あたし、超エッチだもん」

若尻を見おろす和樹から、茜の表情は見えない。

耳を真っ赤にして、全身を震わせている。

開いた尻の谷間には、性器よりも秘めるべき、ココア色のすぼまりもあった。

中心に向かって同心円状の皺が集まっていく景色は、幾何学模様みたいで排泄《はいせつ》器官とは思えないほど美しい。

肛門を囲む短い恥毛もいとおしい。

「ああん……先輩が見てるぅ」

桃色の陰唇が左右に割れて、つうっと透明な花蜜が糸を引いた。

(オマ×コの奥までとろとろだ)

姫口は柔らかそうに咲いて、奥からむんむんと雌の湿気が漏れていた。

「先輩……もう挿れていいですよ」

枕に顔を埋めているから、かん高い茜の声がくぐもって、ハスキーで大人っぽく聞こえる。

「おまえ、服を脱がないのかよ」

和樹は全裸なのに、茜はショーツを脱いだだけ。半袖の制服はそのままだ。

「だって、セーラー服のほうが興奮するんでしょう？　それに、男の人は脱がせるのが面倒だからって……」

ノーパン制服で尻を拡げて、とろとろに濡れた性器を見せつける。

「元カレにそう言われたのか」

染めたショートカットがこくんと揺れる。

中学時代の、ソフトボールひとすじだった後輩はとても素直で、子供みたいに無邪気な面もあった。

(なんてやつだ。慕ってくれる後輩をモノ扱いして)

処女が自分に惚れているのをいいことに、屈辱的な行為を教えこんだのだ。

きっとセックスの知識など満足にないまま、元カレに処女を奪われたはずだ。

少女コミックみたいな恋愛に憧れていた茜が、元カレに命じられるがまま、射精道具にされていたのだ。

族車のうしろにまたがったままセーラー服でラブホテルに入り、求められるままに洗ってもいない勃起に唇を這わせる。さらに女はそうすべきだと教えれば、まずくて濃い精液を飲み、恥ずかしい排泄の穴をさらしてくれる。

きっと昔の恋人は心の中で、なんてチョロい女だと嘲笑していただろう。

「おまえ、乱暴にされるのが好きなのか？」

「乱暴なのは、ほんとはいや。でも、男の人は乱暴にするのが楽しいって聞いたから。あたし、先輩に気持ちよくなってほしい。だから……」

尻肉をつかんで震える指が、紺のプリーツスカートと、自然なままの縮れ毛に飾られた縦割れの薄肉をぱっくりと開く。

「あたしが誘ったんだもん。いいから、挿れちゃって」

和樹は憤った。

(かわいそうだ。本当のセックスは、男に一方的に従うものじゃない)

十本の細い指で左右に割られた姫口は、乱暴な男が身勝手に勃起をぶちこむための穴ではない。

女を悦ばせ、幸せな気持ちにさせる神聖な場所だ。

カワサキZ750FXに乗る箱根のクイーン、有紗は素晴らしい童貞卒業を経験させてくれた。

真面目なクラス委員長でカワサキAR80のチューニングに熱中していた理佳は、処女だったけれど、和樹と協力して、セックスの楽しさを知った。

雨の峠で出会った、ドゥカティ750F1を駆る優美なお姉さまの日奈子は、激しいだけがセックスではなく、男女が肌を重ねて高まる歓びを教えてくれた。

三人の女性との素晴らしい時間に比べて、茜が知っているセックスがいかに野蛮で貧しかったのかを伝えたい。

「まだだ。先におまえを……茜を感じさせるっ」

和樹は少女の神聖な亀裂を拝むように伏せた。

鼻を膣口に優しく当てた。

「あっ……だめえっ」

鼻腔が茜の匂いで満たされる。

濡れた革と生の青魚を思わせる野性味に富んだアロマに、つんと鼻奥に響く鉄とアンモニアのスパイスが加わって、雄の本能を狂わせる。

「やだっ、そんなとこにキスするの……ヘンだよぉ」

舌で肉唇をなぞると、セーラー服の背中がびくびくと震えた。

「おまえ……元カレにここ、舐められたことがないのか？」

「……知らないっ」

横を向いて唇をとがらせる顔が、クンニリングスは未経験だと物語っていた。

元カレはなんともったいないことをしたのだろう。

舌を伸ばして、濃い蜜にまみれた陰唇を味わってみる。

「ん……あ、はああっ」

びくっと茜の身体が緊張した。

「やだぁ……舐めるなんて汚い。ひゃあああうっ」

男の性器を舐めて奉仕する技術は教えられても、自分の性器を愛撫されるのには慣れていないのだ。

(忘れられない思い出のエッチにしてやる)

舌をとがらせて、陰裂の縁から頭を出した、木の芽みたいな極小突起を撫でる。

「ひゃんっ、先輩の舌、いやらしいよぉ」

四つん這いの少女がベッドをきしませて腰を振る。

(激しくするだけじゃだめなんだよな)

和樹は舌先に意識を集中し、桃色の宝石を小刻みに転がす。

充血したクリトリスがフードから頭を出した。

「あっ、だめ。ぜったい……汚れてるのにっ」

茜の言葉どおり、陰核の根元は濃厚なクリームで飾られていた。

雌の快感シロップがトッピングされた雛尖を包皮ごと唇で包み、ちょんと飛び出した核先を舌でくすぐってやる。

少女のクリームチーズは男を喜ばせる珍味だ。舌先にぴりりと染みる塩味がたまらない。

「ほ……ああっ、先輩……エッチだよぉ」

茜は恥ずかしそうに身をよじった。淫谷を開いていた両手が逃げようとする。

「だめだよ。両手はそのままだ」

優しく命じて、真珠の根を舌で掘る。

「あひ、ひあっ、こんなの、はじめてだから、なんか、あふれちゃう」

和樹の眼前で姫口が咲き、とろりと薄濁りの花蜜が奥から漏れた。

(エッチな反応だ。すごく敏感で、かわいいよ)

口に出すには恥ずかしい褒め言葉を、唇の動きに変えて陰裂を愛撫してやる。

「ほ……あおおっ、先輩……ああっ、こんなに感じさせられて……うれしいっ」

「俺もうれしいよ。もっと感じてほしいんだ。茜のオマ×コ、素直で、かわいくて、大好きだから」

男から大好きという言葉を聞かされて、姫口がうれしそうに開く。

「ひっ、はあっ、先輩の顔を汚したくないのに、とろとろするのが止まらない」

ソフトボールで鍛えた尻が震え、和樹の顔を歓迎してくれる。

鼻が膣口に食いこむ。柔らかい粘膜が鼻翼をくすぐる。

「ひゃううっ、先輩、あたし……おかしくなるぅっ」

クリトリスを突く舌の動きに連動して、目の前で肛門の浅い溝が収縮する。

女性の絶頂サインだ。

とどめとばかりに舌先で陰核を押しこむ。

「あ……あーっ、あああ、はううぅ……知らない。わけわかんない……ああ、変になる。ふわふわしちゃうっ」

茜がびくん、びくんと全身を硬直させる。

「く……ひ、先輩……あっ、先輩ぃ……好きっ」

濃度を増した花蜜がとろりと膣口から漏れた。

腰に引っかかった制服のスカートが汗を吸って、中学時代と同じ、スポーツ少女の匂いが漂った。

4

「は……あ。先輩、うれしいよぉ」

後背位クンニで達した茜は、ころんとベッドに転がる。

横向きに寝転がったまま、乱れて下半身を隠す意味をなさなくなったスカートを脱ぐ。

下半身はまる裸で上は半袖の制服という姿だ。

高校では同じセーラー服を、毎日何百人も見ているのに、別世界のコスチュームみたいにいやらしい。

長い脚を曲げて、和樹の視線から恥丘を隠している。

「元カレのことなんて忘れちゃった。男の子に……違う、先輩にぺろぺろされるのって最高だもん」

大きな目を輝かせて、女の絶頂オイルで唇を濡らした和樹を見あげている。

遊び疲れて、それでも甘えたがる子猫みたいな表情だ。

学校指定のスカーフを襟から抜く。

「えへ。先輩といっしょがいいから……あたしも裸になる」

セーラー服の裾にあるファスナーをあげ、えいっと小さな声を出して脱いだ。

ブラジャーは淡いグレーだ。控えめなフリルだけのシンプルなデザインで、積極的な茜にしてはおとなしい。

ショーツは鮮やかな水色だったけれど、ブラジャーは制服から透けない色を選んでいるのだろうか。

「学校用のブラはダサいから、早くはずしたい」

全裸で勃起をさらす和樹の前で、頬を染めた茜は背中に手をまわす。

ホックをはずすと、ブラジャーが桜の花びらみたいにはらりと落ちた。

顔と肘から先、そして太ももより下が日焼けしているから色黒な印象だったが、乳房は高級なバニラアイスみたいに白くて輝いていた。もともと色白なのだ。

「中学までBカップだったけど、今はDカップなんです」

両腕を組んで、若い乳房をえへんっと誇らしげに持ちあげるけれど、頬は赤くて、下唇を噛んでいる。生バストをさらす恥ずかしさを、エッチでイケてる女の子の演技でごまかしているのだ。

男の興奮を示すメーターの針がぐんと角度を増す。

「ああん、先輩、とっても……うふ。格好いいです」

瞳を潤ませた茜が、来て、とばかりに両腕を伸ばす。

和樹は正面に座って、汗でひんやりした後輩の裸体をぎゅっと抱きしめる。

「茜……無理して背伸びしなくても、自然なままがかわいいよ」

ようやく後輩を褒めることができた。

「うう、タイミング遅いっ」

かあっと頬を赤くした茜が、頭突きみたいにキスをしてきた。

生意気にぷるっとふくらんだ唇が和樹の唇を潰し、温かくて柔らかな舌が前歯を割って侵入してくる。

「ん……ふ。せん……ぱぁい……」

ドラマや映画とは男女が逆だ。

口の中で茜の舌が暴れる。

にちょっ、くちゅっと音を立てて唾液を運ばれる。

後輩の唾液は甘くてさらさらしていた。

(気持ちいい。なんだこれ。頭がボーッとする)

自分の口の中に性感帯があるみたいだ。

やがて、きゅぷっと音を立てて茜の唇が離れた。

えへへ、といたずらっ子みたいな笑顔がいとおしい。

たまらなくなって脚を伸ばし、茜を持ちあげると太ももの上に座らせた。

少女が脚を拡げて男にまたがる。

「あはっ。先輩のが当たってる」

屹立の先端が、茜のもうひとつの唇に触れる。

「待って。アレ……まだ着けてないぞ」

ベッドの枕元にある皿にコンドームがあった。

和樹は手を伸ばそうとしたが、届かない。

「元カレには必ずゴムを着けてもらったんです。ほかの女ともぜったいエッチしてただろうから、間接レズみたいでいやだったの。でも……先輩なら」

茜は和樹の首に手をまわすと、生の勃起に姫口をくっつけてきた。

「そのまま……して。出すときだけ、外にしてね」

くちっと蜜の音が漏れて、亀頭がゆっくりと温かなぬかるみに埋まっていく。

「く……ううっ、呑みこまれるっ」

「ああん……硬くて、びくびくしてます」

ミリ単位で結合が進むにつれて、茜の表情がとろける。

「ナマのチ×チンってはじめてです。ゴムつきとぜんぜん違う……」

八〇年代後半、安いラブホテルにおいてあるコンドームはまだ厚く、硬かった。

茜は生挿入の感触に戸惑いながらも喜んでいる。

きらきらと輝く瞳に、快感に溺れる和樹の顔が映っている。鼻の先が触れるほどの至近距離だ。

きゅっと膣口が開いた。

ぬぷうっ。

一気に結合が深くなる。

「は……あおおおおっ、深いですぅっ」

ソプラノの絶叫が、窓のない密室に響く。

ラブホテルのこの部屋で、数えきれないほどの女が喘ぎ声をあげたはずだ。けれど、茜の声はほかの誰よりもかわいいと和樹には断言できる。

「あうっ、茜の中……窮屈なのにぬるぬるで、気持ちいい」

亀頭の縁がこりこりした粘膜の段に擦られる。

非処女とはいえ、高校生になったばかりの膣道は狭い。

粘膜の筒が勃起の硬さに驚くように、ひくん、ひくんと不規則に収縮してくる。

「んは……ああっ、先輩。もっと暴れて」

茜の求めに応じて腰の上下を大胆に変えると、Dカップが眼下で揺れる。

「ああ……茜のおっぱい、きれいだ」

ぬっちょりと汗で湿った茜の両腋に手を入れて、目の前に乳房を持ってくる。

まるくて水風船みたいにぷりんと中身がつまっている。

半分以上が乳輪に埋まったままの乳首は淡い桃色で、まだ幼い印象だ。

引っこみ思案の乳首にちゅっと吸いついた。

「きゃうっ、先輩っ」

乳首を唇で挟むと、膣道の奥から、熱い花蜜が穂先に浴びせられる。

張りつめた乳房の弾力を楽しみながら、ちゅっ、ちゅっと乳首を吸うと、茜の腰が小刻みに上下をはじめる。

「ふぅ……んっ、あっ、元カレと違うところに届いてる。ぐりぐりされて……あーん、先輩のチ×チンのほうが、何倍も気持ちいいよぉ」

「昔の男なんて忘れさせてやる。ほら、ゆっくり動くよ」

雄のピストンで狭いシリンダーを突きあげる。

「んほ……ほああっ、ゾリゾリ削られるの……好きっ。先輩のおかげで、いやなことぜんぶ……忘れてる」

腰をくねらせては、和樹に熱い吐息を浴びせる。

茜の目はうれし涙で、唇は涎《よだれ》で光っていた。

両腕をつかんだ和樹の手が、ねっとりした汗でぬるぬると滑る。

にちゃっ、ちゅずっ。

大量の花蜜が膣道から染み出して肉軸を伝い、ふたりの抽送を助ける。

茜はまるで新鮮な南国のフルーツだ。軽く絞っただけで芳醇な果汁を垂らす。

少女が全身から漏らす多彩なエキスはすべて違う粘度と香りだった。

「ああっ、こんなに気持ちいいの、はじめてです」

首に巻きついた茜の腕が汗で滑る。

「すごく……あーん、幸せになっちゃう。お願い。先輩、イカせて。あたしを……先輩で染めてっ」

甘えん坊の絶叫が耳の中に響く。

和樹も限界だった。

座位での生挿入だから、気を抜くと膣内に射精してしまう。それでは茜との約束違反だ。

(先にイカせてやる。俺はがまんだ)

「く……ううっ、茜をチ×ポで幸せにしてやるっ」

大きなストロークで、こりこりした媚肉を突きあげる。

「は……あおおおっ、いいっ、感じちゃうぅ……」

ぬちゅっ、にゅちゅっと花蜜が泡立って、結合部から漏れる。

突きあげたまま腰を左右にまわして、膣奥をかわいがってやる。

「は……ああああっ、イクっ、先輩……イキますっ」

がくがくと首を振って、茜が絶頂する。

きゅうっと膣口が収縮した。好きな男の精液を受け入れるための、女性の本能的な動きだ。

「く……はああっ、茜っ」

汗まみれの裸体を持ちあげる。ずるりと弓なりに反った雄肉を抜いた。

しごくまでもなかった。

膣道に圧迫されていた尿道が、姫口が弛緩した瞬間を逃さずに開き、雄のオイルがどっと噴き出した。

「ああうっ、俺も……イクよっ」

どぱあっと盛大に咲いた精液の花火が、汗まみれの茜の乳房に命中する。

「あーっ、熱い。先輩……ああっ、うれしいっ」

白濁した雄液を浴びた乳房に、茜が両手を当てる。

「う……ふううっ、とろとろですぅっ」

少女が両手で乳房に精液を塗りひろげると、半ばまで埋まっていた乳首が充血してぷりっととがった。

「あーん、先輩のが、染みるぅ……」

根元まであらわになった敏感な乳首に、茜が精液をまぶして悶える。

「……すっごく楽しかった。エッチするのっていいですね」

明るい笑顔が近寄り、和樹の頬でキスの音が散った。

「えへ。バイクに乗るのもいいけど、先輩に乗るの、楽しかったなあ」

乗物扱いされても怒る気にはならない。

「またバイクの振動を体験したくなったら、いつでも乗せてやるよ」

茜はほんの少し考えてから、頭を横に振った。

「えっ、乗らないのか」

「あたし、もうすぐ誕生日なんです。十六歳になるの。だから……」

和樹の胸板を細い指が滑る。

「バイクの免許、取りに行きます。自分で運転してみたい」

茜の手はさらに下に進んでいく。

「これは、ハンドルを握る練習」

「あううっ」

和樹はうめいた。このテクニックならバイクの運転もすぐに上達するだろう。

第五章　レモン色の走り屋少女

1

海沿いのストレートが長く続くバイパスは、海水浴シーズンともなれば観光客の車で大渋滞になる。

だが秋のシーズンオフになると、喧噪《けんそう》が嘘《うそ》みたいに静かになる。

明け方ともなればほとんど車は走っていない。

和樹はヤマハＲＺ２５０のギヤを五速にあげる。

（パワーが出てる。チャンバーを焼いたのが利いたぞ）

ＲＺの２ストロークエンジンは、排ガスにオイルが混じって排気系がつまる。

先週の末、和樹はガスバーナーを借りて空き地に行き、はずしたＲＺの排気系をあぶった。

四万キロ以上使ったイノウエのチャンバーにはオイルがたまっていて、野焼きみたいな白煙が出た。

排気の通りがよくなって、今日は絶好調だ。

タイヤはヨコハマのプロファイヤー110に換えた。柔らかくて消しゴムみたいに減るけれど、グリップは絶大だ。

(いける。なんだか今日は、クイーン……有紗さんに会える予感がする)

カワサキZ750FXを自在に操る黒いレザーパンツを思い出す。

そして、レザーパンツの中身も。

(もう一度、会いたい。あのまるくてつるつるのお尻を撫でて)

早朝の空に浮かぶ雲ですら、有紗のセクシーなヒップラインに見えてしまう。

前を走っていた軽トラックのテールがみるみる迫り、和樹はあわててブレーキレバーを握った。

(危なかった。よけいなことを考えてる場合じゃない)

バイパスの途中に小さなパーキングがある。

和樹はウインカーを出して本線を出た。

(妙だな。ずいぶんバイクが停まってる)

数キロ先にはレストランもある立派なサービスエリアがあり、行楽客や観光バスでいつも賑《にぎ》わっている。

この狭いパーキングには自動販売機と仮設のトイレしかないから、わざわざ立ち寄るバイク乗りはほとんどいない。

それなのに十台近いバイクが並んでいるのだ。

ほとんどが最新の４００ccで、過激なデザインのカウルがついたレーサーレプリカだ。

一九八六年当時、貧乏な若者には新車の４００ccレーサレプリカは高価で、車検の費用も高く、維持するだけでも大変だった。

パーキングに並ぶ中には、２ストロークエンジンを積んだホンダＮＳ４００ＲやヤマハＲＺ３５０Ｒもいる。どちらもめっぽう速いが、ガソリンをがぶ飲みする金食い虫だ。

（みんな改造ってるな。どんな連中だよ）

特に目立つのは、先頭に停まっている発売されたばかりの白と青のスズキＲＧ４００ガンマだ。

レーサーそのものというメカニズムと性能で知られる高価なモデルで、さらにハンドルやステップは交換され、ブレーキまわりにも手が入っている。

四気筒を誇るように、シート脇とホイール脇に突き出したスガヤ製の四本チャンバーも、目が飛び出そうな値段だったはずだ。

ヘッドライトをはずしてレース用のゼッケンプレートが装着されていた。ゼッケンプレートには「1」と大きな数字のステッカーが貼ってある。

(赤ゼッケンの1番って……レースのチャンピオンきどりかよ)

ロードレースの世界で赤ゼッケンは国際格式のレーサーを示す。そして1番はチャンピオンだけに許された数字だ。

ライトをはずすのは違法とはいえ、公道で何色のゼッケンをつけようと自由ではある。だが、赤ゼッケンをつけるのはよほど腕に自信がある証拠だ。

ちなみに八〇年代後半に人気だったバイク雑誌には、峠でのコーナリング写真を投稿するコーナーがあった。迫力のあるライディングフォームの写真は「赤ゼッケン」と呼ばれて大きく掲載されたものだ。

バイクの群れの先にライダーたちがいた。ベンチすらないパーキングだから、アスファルトにじかに座っている。

全員が革ツナギの上におそろいのピンクのトレーナーを着ている。

和樹が低速で近づくと、ライダーたちがいっせいに振り返った。

和樹のRZ250はただの中古だ。まわりからはポンコツ扱いされている。

少なくともパーキングで目立つような車種ではない。

（うん……？　全員、女なのか）

レース用の革ツナギとそろいのトレーナー姿で身体つきがわからなかったが、女性ばかりなのだ。

十七歳の和樹と同じくらいか、少し上の世代だろう。全員がじっと黒いRZを見つめる。歓迎されない雰囲気だ。

離れた場所にRZを停めた。

バイクを降りるとき、ツナギの股間に違和感があった。

先輩ライダーの造語を使えば「タマ苦しい」状態だ。

革ツナギのベストサイズは少し窮屈なくらい。だから下着の中で陰嚢が片側に寄ったり、生地に挟まれたりする。ボールのポジションを適正な位置に戻すには、革ツナギを脱がないと無理だ。

パーキングの端に並んでいる仮設トイレに向かう。

樹脂製のドアは、やけに固かった。

力をこめてやっとドアを開く。

最初に目についたのは、正面のフックにかけられたピンクのトレーナーだった。

「奥多摩《おくたま》ＰＩＮＫＹ」とプリントされている。

ドアに背中を向けて和式便器にまたがった人物は黒いTシャツを着ていた。背中に明るい茶色の髪がかかっている。髪の先は派手な金色だ。

便器の両側には真っ赤なロードレース用のブーツ。そして、赤と白の革ツナギの裾が見えた。

太ももには純白の下着がからまっていた。

下着をおろした尻には三角形の日焼け跡が残っていた。

尻の谷間は浅い。

ココア色の小さな蕾《つぼみ》がぽつんと埋まっていた。

その奥には桃色の小さな花弁もある。

まるい尻のあいだからレモンイエローの水流が噴き出した。

シャーッという水音が個室に響く。

水流から立ちのぼる湯気は、茹でたてのアスパラガスみたいに生命力を感じる匂いだった。

仮設トイレのアンモニア臭が消えるほどの濃厚な香気だ。

「……あ」

和樹が立ちつくしていた時間はほんの数秒だ。

そのあいだに水流はだんだん細くなり、やがて、シャッ、ピチョ……ととぎれるようになった。

茶髪の頭がゆっくりと回転する。ギギギ……というホラー映画の効果音が似合いそうなシーンだ。

振り返った女性の太い眉はぎゅっと吊りあがり、瞳は怒りに燃えていた。まるっこくて小さな鼻が真っ赤だ。

ぷりっと厚い唇が大きく開く。

「キャアアアアアッ」

急ブレーキで滑るタイヤみたいな悲鳴が響きわたった。

2

「本当にすみません。いえ、あの……のぞきだなんて、誤解なんです」

和樹は青ざめた顔で、ツナギの上にそろいのトレーナーを着た女性ライダーたちに囲まれている。

トイレでの悲鳴を聞いた女性たちに捕まえられて「逃げられないようにな」とブーツと革ツナギも奪われた。

仮設トイレには男女別の表示がドアの上にあったが、和樹は見逃した。ちゃちな樹脂製のドアは、強く引っぱっただけで開いてしまった。

まさに不運の連続だ。

グレーのトランクスとTシャツ、それに靴下だけという情けない姿で、革ツナギ姿の女性たちの前で土下座させられる。

「ただののぞきじゃねえだろ。強姦魔《ごうかんま》じゃん」

男みたいな短髪に長身で肩幅が広く、女子バスケの選手みたいな体格の少女がつめ寄る。

「強姦なんて、まさか。俺は偶然……」

しどろもどろで弁解する。

「リーダーのトイレをのぞいたオトシマエは覚悟しときなよ」

キツネを思わせる三角顔に吊り目の女が、土下座する和樹の背後に立つ。

「ごめんなさい、トイレのドアがたまたま開いてしまって」

「ああ？　たまたま……だあ？」

「ひゃっ」

トランクスの股間を、うしろからバイク用のブーツで踏まれた。靴底がトランクスごと陰嚢をぐいぐいと潰す。

「てめえのタマタマをどうにかしてやろうか？」

キツネ女の駄洒落《だじゃれ》に、まわりの女性メンバーが下品に笑う。

和樹の男性器は縮こまっていた。

正面にショートカットで眉を剃った赤い髪の少女が座る。くわえ煙草で和樹のあごをつかんで上を向かせる。

「安里《あんり》さん、大事なバトルの前にこいつ、どうします。あのRZを取りあげてもウチら奥多摩ピンキーのメンバーにとっては部品取りにもなりませんよ」

（「奥多摩ピンキー」って、聞いたことはあるぞ）

女性ばかりの峠チームで、箱根と並ぶ関東有数の走り屋のメッカ、東京の西部、奥多摩エリアがテリトリーだ。

峠をバイクで攻めるという点では和樹と変わらない。

決定的に違うのは、和樹にとって峠で出会うライダーは仲間だが、ピンキーのメンバーにとっては敵で、たたき潰す相手だ。

各地の峠に遠征しては地元の腕自慢のライダーに勝負を挑み、負かしては理不尽な要求、ときには性的な私刑《リンチ》までしてプライドをへし折ると聞いた。

和樹の正面に立ち、眉を寄せてにらんでいるのは、放尿シーンを目撃された小柄な茶髪娘だ。

会話から察すると、この奥多摩ピンキーの三代目リーダーになったばかりの少女で、安里という名前のようだ。

「バイクの腕だけはありそうなのにね……使えない」

「いや、こいつ、バイクだってたいして乗れねえだろ。タイヤだって真ん中しか使っていねえし」

キツネ女が和樹の股間をブーツの底でぐりぐりと潰す。

安里が和樹のRZのタイヤを一瞥《いちべつ》する。

走り屋どうしで相手の実力を測るのはタイヤだ。

コーナーを攻めてばかりいれば左右の端が減って「鬼っ減り」と呼ばれる。

逆にタイヤの中央しか使っていなければ、バイクを寝かせられない腑《ふ》抜《ぬ》けというわけだ。

「違うね。コイツはタイヤを換えたばっかり。チャンバーの傷で、バカみたいに寝かしてるのはわかるじゃない」

　腕にも自信がありそうなリーダーの安里は、バイクの知識もかなりあるようだ。深いバンクで擦ったチャンバーやスタンドの傷で和樹がかなり速いライダーだと見抜いた。

　和樹はトランクスとTシャツだけの情けない姿で平伏し、頭上の嵐が通りすぎるのを待つ。

「今日の勝負の前に、一発からかってやりますか」

　赤い髪の少女が神妙に頭をさげた和樹の顔にセブンスターの煙を吹きかける。

「安里さんのエロテクで頭をおかしくさせるのもいいし、限界センズリで泣かせるのもいいっスよね」

　どうやらリーダーはバイクだけでなく、男を辱めるテクニックにも秀でているらしい。和樹は戦慄《せんりつ》した。

「代々、ウチのリーダーは男の弱点を研究してるからな。おまえのチ×チンとケツの穴は、しばらく使いものにならなくなるかもな」

　恐ろしいセリフを吐いた大柄な女が、革ツナギの腰に巻いたウエストバッグからレンズつきフィルムを取り出して、怯《おび》えている和樹の顔に向ける。発売されたばかりの「写ルンです」というやつだ。

「男のストリップだ。記念撮影してやるよ」

「待ちな」

騒ぐ女たちを制したのは、意外にもリーダーだった。

「万一、オマワリでも来たらまずいだろ」

安里の命令に全員の動きが止まる。

「……あたしが、自分でオトシマエをつけさせる。任せておいて」

安里が和樹の腕をつかんで連行した先は、仮設の女子トイレだ。

安里が放尿をのぞかれた和式ではなく、別の洋式便器の個室を選んだ。

先ほどの和式の個室よりも広いけれど、お互いの体温や吐息を感じるほどに窮屈だ。

安里は革ツナギを上半身だけ脱ぎ、黒いTシャツ姿になった。

安里から若い女らしいシャンプーの甘い香りがする。

身長は百五十センチちょいだろう。背は低いがほどよくぽっちゃりしていて、健康的なスタイルだ。

日焼けした柔らかそうな二の腕や、Tシャツを盛りあげる胸のボリュームに目が向いてしまう。

脱色が中途半端な金髪に太い眉で、一見すると不良っぽい。けれど、きつい目つきで和樹をにらみながらも、小さめのまるっこい鼻や、ぷるんと艶やかな唇は、子供むけキャラクターのタヌキみたいで愛らしくもある。

「……脱げよ」

洋式便器を挟んで立つ安里が命じる。

「あの……脱いだら許してもらえるかな」

「脱がなかったら、許さないのは確実だよ」

安里よりもずっとヤバそうな、ほかのメンバーの前で脱ぐよりましだ。和樹は覚悟を決めてTシャツを脱ぐ。

和樹の胸筋を見て、安里の目が泳ぐ。

「下も。あたしは男の裸なんて見慣れてるんだから」

「う……うん」

トランクスをおろすとき、安里の喉がこくんと鳴った。

ガラの悪い女たちに囲まれて陰嚢を潰されそうだったから、ペニスは恐縮して頭を垂れていた。

亀頭も縮こまって、包皮に半分隠れている。

「えっ……うそ」

安里が目をまるくする。

「……なんで大きくしてんの。変態かよ」

和樹が驚く番だ。

「いや、ぜんぜん大きくなってないし。平均よりも小さいと思うけど……」

謙遜《けんそん》ではなく、正直な告白だ。

安里は男の裸を見慣れていると言ったが、過去に彼女を抱いた男たちは短小ぞろいだったのだろうか。

安里は雄肉と和樹の顔を見比べてから目をそらす。

「おまえ、なんで恥ずかしそうじゃないんだよ」

「恥ずかしいよ。当たり前だろ」

和樹には少し余裕が出てきた。

(男慣れしてるっての、ハッタリなんじゃ)

「だって……あたしだったら、異性に裸を見られたら恥ずかしくて死にそうになるぞ」

安里はやたらと髪をいじって落ち着かない。

「女の子だからだよ。男の裸なんて誰も見たくないから」

女の子、と呼ばれたときに安里の頬がさあっとピンク色に染まった。

「じゃあ、もっと恥ずかしくさせてやる。オトシマエだからな。あの……アレ、出せよ……せ、精子……」

最後の単語を口にするとき、ぎゅっと拳を作っていた。

先ほどのメンバーの会話からすると、このレディースチームの私刑として、男に自慰をさせて写真を撮るというのが普通らしい。だが、リーダーは本当にセックスや男への性的いじめの経験があるのだろうか。疑念がわいた。

和樹はうなだれた肉茎を握って示す。

「もちろん……精子を見たことあるんだよな？」

「はっ？　あるに決まってるだろ、バカ。あの……白くて、頭がまるくて、尻尾があって……泳いでるんだ」

真っ赤になって反論するが、完全に表現がおかしい。

保健体育の授業で知識が止まっているようだ。

（精液を見たことがないんだな）

「じゃあ、知ってるよな。男はエッチなオカズがないと射精できないんだ。おっぱいとか、パンティとか」

和樹は真剣に悩むふりをしてカマをかける。

「え……それってあたしが見せるってこと？」

「うん。オカズがないと精液を出せないか、すごく時間がかかる。俺はいいけど、時間は大丈夫なのか」

メンバーの会話で「今日の勝負の前」という言葉を聞いた。

奥多摩ピンキーの少女たちには、大事な予定があるようだ。

「そんなん……おっぱいは無理だけど、パンツならいいか。さっきはおまえにパンツよりエッチなものを見られたからな」

安里は革ツナギのファスナーをおろす。だが、ブーツを脱ぐのはためらった。

汚れた床に靴下を触れさせたくないらしい。和樹はずっとブーツなしで靴下はびしょ濡れなのだが。

「便器に座ればいいよ」

和樹の提案に安里はおおーっと感心したようにうなずくと、便座に腰をおろしてレース用のブーツを脱いだ。

靴下は白無地で校章らしきマークが刺繍《ししゅう》されていた。峠の走り屋には似つかわしくない。

ホワイト地に赤のラインが入った革ツナギがぎしぎしときしみながら脚から抜けていく。

「これでいいだろ。まったく、男ってほんとにパンツが好きだよな」

男を知っているという演技だった。強がっているのは明らかだ。

安里は座りなおし、ふたたび真っ赤なブーツに足を入れた。

上半身は黒い無地のTシャツ。裾を引っぱって隠してるが、脚のあいだから純白の木綿パンティがちらりと見えた。

下着のウエストには小さなピンクのリボンがついている。

不良のヤリマンを気取っているくせに子供っぽい地味な下着だ。

(下着姿にブーツって、なんだかエロいな)

「な、なんだよ。あんまりじっと見るなよ」

視線を感じた安里は、膝を合わせて両脚を持ちあげた。

(うおっ、パンティに染みが)

股間のクロッチにレモンイエローの小さな楕円形の染みがあった。

放尿を目撃されたあと、股間を拭く余裕もなく下着を穿いたのだ。

最後のひと搾りがクロッチを汚している。

(女の子のおしっこって、エッチだ)

隣の和式便器で見た排尿シーンが脳裏に蘇る。渓流みたいな水音を聞き、茹でたてのアスパラガスみたいな青い匂いを嗅いだ。

「わ……えっ、すご……っ」

安里が口を手で隠して驚く。

その視線が向いているのは、和樹の股間だ。

下着の染みを見つけた効果でぐいと角度を増し、極太に育っている。

充血した亀頭はルビー色に輝き、和樹の腹に突き刺さりそうだ。

「ひょっとして、あたしのパンツ見て……そうなった?」

和樹がうなずくと、安里は得意げにえへっと笑う。

「雑誌で読んだ。エッチな気分だと硬くなるんだよね」

ヤリマンの演技も忘れて興味津々だ。

和樹は便器に座る安里の前に勃起をさし出す。

「触ってみたいけど、あたしにタッチされるのはいやだよね」

「そんなことないよ。どうしていやだって思うんだ」

安里の目からは、もう怒りが消えていた。

「だって、あたしは電車とかで知らない男に身体を触られたらムカつくもん。あんただってそうでしょ？」

男女の感覚の違いをあまり知らないようだ。

女性は知らない男に触られたら嫌悪を感じるだろう。だが、男はタイプではない女性でもボディタッチを許したり、ときにはラッキーだと感じることもある。

「俺は……うれしいかな、女の子に触られるの」

和樹の答えに安心したように、安里の手が伸びて肉軸に触った。

じゃじゃ馬の４００ガンマを駆り、走り屋チームを率いているとは信じられない小さな手だ。

「うわ……熱い。硬い。太い……なに、これ」

安里の手のひらは汗でぐっしょりだった。

「でも、バイクのハンドルみたいで握りやすいな」

緊張の手汗をオイルにして、雄ピストンを握られる。

「く……ううっ」

男を感じさせようなどとは微塵《みじん》も思っていない、乱暴な握りかただ。

「男ってこんなのが生えてるんだ。どんな感じ？」

尋ねながら、肉茎をスロットルみたいに無邪気にひねる。

「そうだな……よかったら、体験してみるか」

「えっ、どういうこと？」

「ちょっとそこ、座らせて」

全裸の和樹は、安里を立たせ、交代して自分が洋式便器に腰をおろす。

樹脂製の便座は少女の肌で温まっていた。

和樹は脚を閉じて便器に深く腰かけた。

股間から勃起が帆柱みたいに生えている。

「俺にまたがって挟んだら、チ×ポの疑似体験ができる」

「おっ、頭いいな」

茶化しながらも背中を向け、下着の尻をおろしてくる。

「パンティを脱いだら、もっと自然に男の感覚がわかるよ」

「マジで言ってんのかよ。やっぱ変態だな、おまえ」

口では罵倒《ばとう》しながらも、安里は興味津々という顔になる。

「えへ。なんか楽しくなる」

和樹に尻を向けて、純白の清純ショーツをゆっくりとおろした。

日焼けした尻肉には、三角ビキニの日焼けが残っている。夏に過激なデザインの水着で海へ行ったのだろう。

安里は片足だけを下着から抜いた。

真っ赤なブーツに、くしゃっと脱げた純白の下着がからんでいる。

「んで……またぐ、と……」

安里は少しためらったが、好奇心が勝ったようだ。

和樹の腹に尻を当てる体勢になる。

まるくて柔らかいヒップが和樹の下腹を滑りおりる。

「思いっきり体重かけても平気だぞ」

「お、おう」

ぶっきらぼうに答えて、男の腰をまたぐ。

和樹の下腹に少女の体重がかかる。

にちゅっ。

肉茎が安里の股間をうしろから前へと滑る。

すでに雌の渓谷は花蜜でぬらついていた。

陰裂をにゅるりと亀頭が撫でる。

「ああ……ほんとだ。あたしの脚のあいだから、チ×ポコが生えてきたっ」

歓声があがる。

和樹は安里の黒いTシャツの肩ごしに、走り屋少女の股間をのぞく。

(女の子の股間にチ×ポがある。想像以上にエロいっ)

恥丘を飾る毛は細く、面積が小さい。縁が薄茶色の股間の谷を割って、赤く張りつめた亀頭が突き出していた。

「へへ、あたし、男になっちゃってる」

うっとりした顔で、生えたての亀頭をつまむ。

「うっ……」

肉茎をしごかれるのとは違い、敏感な王冠を優しく揉まれると、下半身がとろけてしまいそうだ。

「ああ……もっと動かしていいんだよ」

「あう、当たるぅっ」

股間から生えた肉茎を動かすと、陰裂から顔を出したクリトリスが擦れて安里も快感を得られるようだ。

「今度は俺が動かしてやるよ」

和樹は前に手をまわし、少女の股間から頭を出した肉茎を握って上下にしごく。

「ほ……あああっ、男のオナニーって、こうやるんだ」

ずちゅっ、にちゅっ。

先走りの露が肉茎を伝い、陰裂に吸いこまれる。

和樹が亀頭をつまんで動かすと、雛尖にも刺激が伝わるようだ。

「お……ああっ、擦れるぅ……」

安里がのけぞると、金から茶へのグラデーションになった髪が和樹の顔をくすぐる。ココナッツみたいな甘い匂いがした。

少女の股間に生えた雄肉で手淫を見せつけ、背後から安里の耳に唇を当てる。

舌を出して複雑な耳の谷をなぞると、塩気のある女の味がする。

ヘルメットで蒸れて濃縮された少女のエッセンスが鼻腔に満ちる。

頭の中が真っ白になった。

「ああっ、だめだ。イクよ。精液……出すっ」

「マジで出る？　あーん、見せてっ」

安里が股間を凝視した瞬間、限界が来た。

どぴゅうっ、どくうっ。

「あーっ、熱い。とろとろが、精子が飛び散ってる……すごいっ」

恥丘や太ももに、濃厚な雄汁が糸を引いて落ちた。

3

「うええ……最悪な臭いだな、精子って」

下腹に着弾した精液の飛沫《しぶき》に安里が驚いている。

「チ×ポや精液なんて見慣れてるんじゃないのかよ」

茶髪からのぞく耳に和樹がささやくと、安里は振り返った。

下唇を噛み、前歯を見せてうーっと犬みたいに唸る。

「おまえ……わかっててバカにしたんだろ。ふざけんな。そうだよ。あたしは男とヤッたことなんてない」

ついに自ら処女を告白した。

「ああ、反応でわかってたよ。ごめん、からかって」

仮設トイレのペーパーはわら半紙みたいな紙質で、海風を吸って湿っていた。

和樹は棚に置いた自分のTシャツで安里の肌に飛び散った精液を拭く。

「なんだよ……トイレットペーパーで拭けばいいのに」

「ごわごわの紙だと肌が荒れそうだろ」

答えを聞いた安里は、身体をびくんと硬直させた。

「なんだよ……のぞきのくせに。むかつくなあ」

両手で自分の頬をぴしゃぴしゃたたく。

口は悪いし、最初は野良犬みたいに鋭い目つきだった安里が、だんだんかわいく思えてくる。

(行きがかりで射精まで見せちゃったけど、大丈夫なのか)

涙目になっている安里に、申し訳ない気持ちになる。

「あの……もしいやだったら、すぐにやめるよ。出ていく」

「はあっ？」

茶髪少女はぷるんとした唇をとがらせる。

気遣いのつもりの言葉が癪《しゃく》に障ったらしい。

「あたしがオトシマエをつけろってここに誘ったんだよ。あたしが満足するまで許さないんだから」

安里は黒のTシャツと真っ赤なバイク用ブーツ。

和樹は全裸に靴下だけ履いた間抜けな姿だ。

「次は……そうだな、あの……今度は、あたしに……その、ええと、あの……ちょっとサービスをしてみろよ」

あたしを満足させてみな、と挑発しているつもりだろうが、ぷっくりとふくらませた頬が真っ赤だ。

「わかった。じゃあ、今度は正面から安里にオトシマエをつけてやるからな」

交代して安里を洋式の便器に座らせる。

恥丘には淡い茂みと、縦に刻まれた陰裂がある。うっすらと青草みたいな匂いが漂っている。

膝を開いて座ったやんちゃな処女は、股間に和樹の視線を受け止めて、居心地悪そうに身体をくねらせる。

「Tシャツ、脱いじゃうか？」

命令ではなく、安里の意志に任せる。

「そ、そうだな。下も裸だから中途半端だよな」

安里がTシャツを脱ぐ。

袖のつけ根に大きな汗染みがあった。緊張していたのだ。

酸味のある新陳代謝の匂いが狭い個室に拡がる。

グレーのスポーツブラが現れた。タンクトップの下を切ったような、バストを覆って揺らさない下着だ。

「ブラを男に脱がされるの、ちょっとだけ憧れたんだ」

素直に頼むのはしゃくなのだろう。安里は横を向く。

だが、スポーツブラは背中にも前にもホックがない。

戸惑っていると、安里が口をとがらせた。

「下におろすんだよ。おまえ、女を脱がせなれてないだろ」

処女に初心者だと断じられてしまった。不本意だけれど、スポーツブラの脱がせかたなど誰にも教えてもらえなかった。

バイクと女は似ている。座学で基本は学べても、公道での乗りかたは経験で学ぶしかない。

まるっこくて柔らかい安里の肩からストラップをはずし、引きさげる。

伸縮性の高い生地が引っぱられ、ぶるんっと大盛りの丸プリンが姿を現した。

Tシャツ姿から想像していた以上のボリュームだ。

愛嬌のある顔とはアンバランスな、重そうに実ったバストだ。面積の小さなビキニ水着の日焼けがうっすらと残り、淡いピンクで大きめの乳輪がある。

「わっ、おっぱい、すごく大きくて、エロいな」

最初は陥没ぎみだった乳首が、和樹の視線を浴びてぷっくりとふくらむ。

「あ……あんまり見るなよ」

興奮で乳首が勃起しているのが恥ずかしいのだろう。

和樹は安里の言葉に従う。そうだ、ただ見惚れている場合ではない。

谷間に顔を埋めた。

「ひゃっ、やだっ」

温かい乳房が汗で滑る。甘酸っぱい香りもたまらない。

「あっ、バカ、ぺろぺろすんな……ひいっ」

乳首を口に含むと、安里の悲鳴が個室に響く。

(赤ちゃんになった気分だ。落ち着くおっぱいだ)

手のひらからあふれる巨乳をマッサージするように優しく揉み、乳首を舌先で転がす。

陥没ぎみだった乳首には、女の塩気が染みこんでいた。

「は……ひ、ひゃううっ」

はじめて聞く、安里の甘ったるい声だ。

怒っていたり、罵倒してくるときはアルトの声なのに、乳首を吸われるとソプラノに変わる。

「お……ん、おっぱい……熱くなってる」

舌先で乳輪の縁を舐めまわされるのもお気に入りらしい。

両乳首を堪能《たんのう》してから、和樹は顔をずらし、バストを持ちあげるように巻かれたスポーツブラを通って、へその穴を舌先でくすぐる。

「ああん……おへそなんてくすぐったいはずなのに……おまえにされると、なんか……ああん、ちょっと、うれしいっ」

身悶えする安里の尻が便座で滑り、和樹に性器を突き出す姿勢になる。

肉唇がぱっくりと割れて、こぶりな姫口があらわになっていた。

和樹は床に膝をついた。

仮設トイレの床は幾多の女性たちの痕跡で汚れていたが、和樹は安里の濡れ穴に夢中で、膝が濡れても気にならない。

便器に浅く座った安里の中心に顔が引き寄せられていく。

少年の荒い呼吸に恥丘の細毛がそよぐ。

「あ……こらっ、顔が近いってば」

「あたしにサービスしろって命令したじゃないか」

無防備な膣口が透明な蜜できらきら光っている。

(ピンク色で小さくて、両側がうっすら紫色だ)

桃色の縦割れ粘膜を指で割る。

白くねっとりとした粘液が恥溝を染めていた。

湿気に満ちた谷間から、生乾きの尿が香る。アンモニア臭ではなく、真夏のプールみたいな淡い匂いだ。

「は……ああんっ、悔しい。オトシマエなのに……遊ばれてるみたいじゃんっ」

膣口を開くと、花火のあとみたいに刺激的な匂いが強くなった。

濃厚な若雌の匂いに、頭の芯がキンとしびれる。

姫口の縁を舌でなぞると、ブーツのかかとが床をたたく。

「もーっ、やっぱり、おまえ……変態だっ」

なにを言われようと止まらない。和樹は恥丘に刻まれた縦溝に唇を埋める。

「ふ……ああっ、だめ。舌、だめだってばっ」

クンニリングスする舌から逃げようと浮かぶ太ももを、両手でつかんで拘束する。

「ひっ、だめ……舐めるなんて、変態のすることだろっ」

走り屋チームのリーダーはバイクの知識やテクニックはあっても、性知識は中学生どまりらしい。

「みんなやることだよ。それに安里のオマ×コ、とってもかわいいんだ」

「バカか。知ってんだろ、さっきおまえにおしっこを見られて……焦ったから拭いてないんだぞっ」

太ももをぱたぱたと開閉させて和樹の頭を追い出そうとするが、意地でもどくものか。

陰裂のすみずみまで味わいたい。

「でも、安里の恥ずかしい匂い、興奮する」

膣口の少し上に極小の尿道口がくぼんでいた。

舌でついばむ。

「はひ……おしっこの穴、汚れてるってばぁ」

尿道口の少し上に、米粒ほどの突起があった。

ねっとりした薄濁りのシロップに覆われている。

舌先を尿道口より前にある尖端に当ててみた。

「ひゃんっ、やーんっ」

電気を流されたみたいに跳ねる。

「クリトリス、めちゃくちゃ感じるんだな」

舌で塩味のシロップを溶かし、粘膜の粒を優しく吸う。

「あうぅ、じんじんしちゃう。許して」

ついさっき、和樹の上に座った少女の股間から男根を生やして遊ぶと、安里は自分から肉茎をつまんで動かしていた。

雛尖を極小のソフトクリームに見立てて舐める。

「ひゃんっ、にゃーっ、にゃああうっ」

悲鳴が子猫みたいに変わった。

(クリトリスって小さい粒なのに敏感なんだな)

「は、はひゃっ、にゃ、ぺろぺろ、だっめえええっ」

クリ舐めを続けながら視線をあげると、安里は人さし指を噛んで嬌声をこらえていた。

（もっと声を出させてやる）

真珠を舌で刺激しながら、姫口に浅く指を埋めてみた。

「にゃひ、だめ……ああん、待って、あーん、ストップ……っ」

顔を真っ赤にして左右に振って悶えている。

「俺は射精を見せたんだ。次は安里のイキ顔が見たい」

膣口に浅く埋めた指を二本に増やしてすり合わせる。

「おひゃあんっ、にゃめっ、泣いちゃう……ひぃぃん」

強気だった処女が、かわいらしい悲鳴を漏らす。

自分の指をおしゃぶりみたいに咥えて、嬌声をがまんしようとしている。

ぷっくりした唇をこじあけた、涎まみれの少女の指がフェラチオみたいに出入りしている。

「イッきゅううっ、はあん、イッちゃうぅ……っ」

丸顔で幼い雰囲気には似合わない、明るく染めた不良きどりの髪を振り乱し、
安里が首を振って、快楽の極みに翻弄されていく。

まぶたをぎゅっと閉じ、太めの眉がぴくんと震える。

「ああ……安里のオマ×コの中がひくひくしてる」

ピンクの膣口が和樹の指をきゅんと締めて震える。

和樹の舌で潰された雛尖がぴくんと震えた。

「にゃううう、イキゅうっ、いにゃあああっ」

陰唇の脇から蜜がどっとあふれて和樹の指を濡らした。


全身を痙攣させた処女の絶頂ショーが終わった。

狭いトイレの中が、男女の熱でサウナみたいに蒸し暑い。

若い女が精いっぱい運動したあとの、甘酸っぱい香りに満ちている。

「うう……ムカつく。なんて声を出させるんだよ」

安里がうつむき加減で和樹をにらんでいるけれど、瞳は潤み、口角もゆるんでいるから迫力はない。

異性の指と舌が身体に触れたのは、はじめてなのだろう。

安里が汗ばんだ額に貼りついた前髪をいじる。

(イキ顔がとってもかわいかった)

だがかわいいと褒められるのは、過激な走り屋レディースのリーダーにとっては屈辱だろう。

床に膝をついてクンニリングスに没頭していた和樹が立ちあがる。

安里の視線が男根に向いた。

少女が振りまいた濃厚な絶頂アロマに刺激されて、若い肉茎は二度目の硬さを取り戻していた。

はあっとため息を漏らして勃起を凝視していた安里が、和樹が自分の顔を見ていると気がついて、ぷいっと横を向いた。

「おまえさ……ほんとは、最後まで、したいんだろ？」

人さし指で和樹の雄肉を指す。

「ギンギンになっちゃったら、あの……精子をどろって出さないと男はつらいって聞いたんだけど」

眉を寄せて言葉を選んでいる。

「あたしは別に……おまえがもうちょい、ヤリたくても……怒らないかもな」

真っ赤なブーツを履いた脚が所在なく開閉している。

(俺が相手でもいいって言ってるみたいだ)

乱暴な言葉遣いなのに、表現は遠まわしだから、頭の中で翻訳が大変だ。

和樹には躊躇《ちゅうちょ》があった。

安里と自分は互いの素性をまったく知らない。

奥多摩ピンキーは性に奔放なメンバーばかりで、さらには男に性的私刑をすることもある過激なチーム。その三代目のリーダーとしては早く処女を捨ててしまいたいのだろうか。

据え膳食わぬは男の恥、なんて昔の言葉もある。

(断ったらきっと後悔するぞ。相手がオーケーしてるんだ)

けれど、和樹が欲求不満ならヤレばいいじゃない、みたいに投げやりな言いかたをされると、安里が自分の身体を大切にしていないように感じてしまう。

「俺はうれしいけど、安里が、初体験って、そんなに気軽に済ませちゃっていいのか」

数秒間黙った安里が、わざとらしく咳《せき》をした。

「あのさ……おまえ、頭悪いだろっ」

頬が赤く染まっている。

「気軽なわけないだろ。あたしは……」

眉のあいだに縦皺が寄る。

「おまえがすごく……気持ちよくしてくれたから、もっと、なんか……おまえと、もっとぎゅっと、くっつきたくて」

涙目だ。怒っているのではなく、すねている。

「にぶいんだから。あたしは……こうしたいのっ」

ぴょんと立つと和樹の横を通り抜け、個室のドアに両手を当てた。

全裸でトイレから出るつもりかと和樹が驚くと、安里は上半身を倒していく。

腕をドアに当てて上体を支え、背後の和樹に向かってまるい尻を突き出す。

「……わかるよね？　あたしに、ぶすって挿れて」

伸ばした脚が左右に開いていく。

立ちバックを求める姿勢だ。

健康的に育ったまるい若ヒップが割れて、谷間にピンク色の姫口が輝いている。

「くうう、すごく……ああ、きれいだ」

処女の姫口は朝露で濡れた野草を思わせる。

安里が頭をさげた。金色の髪が揺れる。

「いやじゃなかったら……うう、先っぽだけでもいいから……」

先っぽだけ、なんてまるで遊び人の男の口説き文句だ。

「いやなはずないだろ。わかってるくせに」

潤んだ瞳が、和樹のブレーキを解放した。

ぷるんと揺れる尻を十指でぎゅっとつかむと、いきりたった雄槍をぐしょ濡れの膣口にあてがう。

「あーん、熱い。やったあ。あたしで硬くなってる」

顔を伏せているけれど、素直にうれしそうな声だ。

その表情が見たくて、和樹は穂先を処女の門に当てたまま手を伸ばし、安里の髪をかきあげる。

「だめ。顔は見ないで」

左右に髪が揺れる。

「あたしが痛そうな顔をしたら、おまえは優しいから挿れるのをやめちゃうだろ。そんなの、いやだ」

安里は自ら腰を動かして結合するポジションを探る。

「ずぶって挿れて。奥までめちゃくちゃにして」

ドアに当てた肘で上体を支え、安里が腰を突き出す。

「こんなふうに思うの、はじめてなんだよ。あたし、どきどきしてる……奥がずきずき、熱くなってる」

「くうっ、ああ……安里っ」

姫口が亀頭を包む。

こりこりした処女地が男の穂先を包む。

ぬぷぷっと花蜜が泡立って、結合部から漏れた。

「うあん、太い。おまえのこれ、めっちゃ、あたしの中で喜んでるっ」

初体験なのに、安里は自ら腰を男に押しつける。

(処女膜が破けるのは痛いはずだ。ゆっくり挿入しないと)

同じ高校のクラス委員で、処女の理佳を抱いたときは正常位だった。和樹がゆっくりと侵入して、破瓜の痛みを最低限に抑えた。

安里が主導権を握っての立ちバックでは、ソフトな挿入がやりにくい。

「だめだよ。もっとゆっくりじゃないと、きっと痛いはずで……」

安里が一瞬だけ振り返った。

目の縁が吊りあがって、口をへの字にしていた。

「うるせえ、バカ。ちゃんと突けっ」

次の瞬間、安里が思いきり腰を後退させた。

ずちゅううっ。

膣道が肉幹を呑みこみ、結合が深くなる。

「あうぅ、安里の中、あったかくて、とろとろだっ」

粘膜の狭い門に亀頭が当たった。

「ん……ふっ」

安里の背中がびくんと震え、膣道が緊張する。

破瓜の瞬間だ。

立ちバックでの挿入を求めた安里の気持ちがわかる。今、泣きそうな顔を見せられたら、きっと和樹は結合を解《ほど》いてしまっただろう。

「はああ……っ、セックスってすごいな。男のこと、好きになれる。ああんっ」

破瓜の痛みを伝えまいと、必死で顔を隠して雄肉の貫通に耐えている。

「えへへ。チ×ポコが、がんばって上を向こうとしてる。かわいいな」

余裕なんだよ、と言いたげに、安里は腰ふりを止めない。けれど、伸ばした脚はかたかたと震えている。

「ああ……安里とつながってる……幸せだ」

処女を失ったばかりの器官が、健気に男を歓待しようと、亀頭を包んで膣奥へと誘う。

「く……ううっ、おまえのかたちが、中でわかる」

あううっと喉を鳴らした安里の背中が震える。

肩胛骨の盛りあがりや二の腕も汗びっしょりだ。

干し草みたいな体香が強くなり、和樹から理性を奪う。

肉茎が根元近くまで埋まったところで、安里の腕がドアから離れそうになる。

破瓜の痛みをこらえているのだろうか。

「手伝って。もっと奥まできて。ぐりぐりして……っ」

髪を振り乱す安里が震える声で求める。

「あううっ、奥まで……行くよっ」

汗でぬらつく小麦色の尻をぎゅっとつかむと、ずんと深く突いた。

じゅくっ。

穂先が熱泉に包まれる。

未踏の膣道を自分の性器が貫いているという実感に、和樹の全身の細胞が喜んでいる。

「あ……ああんっ、すごい深いとこに……届いてる」

安里がのけぞり、髪が舞って、わずかに表情が見えた。

和樹が呼吸を忘れるほど大人っぽく、艶やかな笑顔だった。薔薇《ばら》色の唇からのぞく白い歯までいとおしい。

「く……ああっ、安里の中が気持ちいいっ」

和樹は深く突いたまま、小刻みに腰を前後させる。

同時に片手を恥丘に添えて、小粒の真珠を指で撫でる。

「あーん、クリと中を同時とか、エロいだろ……はうぅ」

粘膜の襞が肉兜にからんで、強烈な快感が生まれる。

「ううっ、挿れてるだけでどんどん気持ちよくなるっ」

「く……ああん、当たってる。指も……チ×チンも、あたしのうれしいとこに当たってるの……にゃあああっ、うれしい」

安里は感じると子猫みたいに甘えた声になる。

「いっしょに……イキたい。安里の奥でイキたいっ」

女のぬかるみに包まれた亀頭が膨張し、とぷりと先走りが漏れるのがわかる。

最奥に向かって肉槍を繰り出した。

「はあんっ、いいよ。きて、思いっきり。あたし、今……すっげえ……おまえのこと……す、す……き」

息が続かずに絶句した安里の身体が跳ねる。

「あーん、熱い。イク、イッちゃう……はあんっ」

柔らかな粘膜が和樹の先端を包んで震えた。

安里の絶頂で痙攣した膣道が肉茎を絞ったのだ。

「ああっ、安里っ、俺も……イクよっ」

どく……どっぷぅっ。

強烈な勢いの射精だった。

「あーん、すっごい。あたしの奥に飛んできてるぅっ」

安里は男の噴出を受け止めて、トイレのドアに両腕を預けて上半身を支える。

けれど仮設トイレの鍵は、ごく簡単な作りだった。

ミシリといやな音がして、樹脂製のドアが一気に開く。

「きゃっ」

「あぶないっ」

樹脂製のドアという支えを失って前のめりになった安里の腰を、和樹ががっしりとつかんで引き戻す。

「安里さんっ」

「あぁっ、リーダーっ」

開いてしまったドアの向こうに、人影があった。

奥多摩ピンキーのメンバーたちだ。

和樹がうしろから引っぱった三代目リーダーの裸体を、長身のバレー部みたいなメンバーがあわてて前から支えてくれる。

「危なかったっすね、安里さん」

「な、なんだよっ、ずっと聞いてたのかよっ」

「は……はあ、まあ、あの」

奥多摩ピンキーのメンバーたちは、オトシマエをつけさせられる情けない男の泣き言を盗み聞きするつもりだったのだろう。ところが濃厚な濡れ場がはじまって面食らっていたようだ。気まずそうに互いに顔を見合わせている。

処女喪失の嬌声を聞かれて、背後から貫かれたままの安里が真っ赤になる。

「バカ……おまえら……みんな、バカばっかりかよっ」

そして振り返ると、今度は自分の腰をつかんだ和樹の手をひっぱたく。

「おまえだって……もう、次は許さないからなっ」

きゅーんっと子犬みたいに鼻を鳴らしてうつむく少女は、たまらなくかわいらしかった。

4

革ツナギ姿に戻ったものの、女子トイレの床で濡れた靴下がブーツの中で気持ち悪い。

たっぷりと射精したあとのペニスは安里が純白のハンカチで清めてくれた。

（校章ワンポイントの靴下といい、ハンカチといい……ひょっとして安里ってふだんは真面目なやつなんじゃないか）

その疑問を口にしたら、また怒られそうだ。

「あはは。おまえのツナギって、ほとんどガムテープでできてんのな」

最新のレース用のツナギの上に、ピンクのトレーナーを着た安里は、すっかり走り屋モードに戻っている。

早朝にパーキングに入ったのに、もう朝陽は水平線よりはるか上にまで昇っていた。

ほかのメンバーは、男に翻弄されたリーダーに気を使って、遠くに座っていた。

「なあ……最初に俺が囲まれてるとき、バトルがどうのって言ってなかったか」

「ああ。箱根のクイーンって、デカくて古いカワサキに乗ってる女がいてさ……おまえ、知ってるか」

「ああ。真っ黒なZ750FXだ」

安里の言葉に、和樹は思わず言ってしまった。

自分にとっては女体とバイクの先生で、憧れで……最高の尻の持ち主なんだ、というのは秘密だが。

「やっぱり箱根じゃ有名人か。あたし、そいつと今日、勝負する約束なんだ」

驚く和樹に、安里は得意げに話しはじめる。

数週間前に、ピンキーの面々がホームコースにしていた奥多摩に、二台のバイクが現れたのだと。

「その日はあたし、学校の用事で峠にはいなかったんだけどね」

一台は派手なイタリアのドゥカティ。峠を知りつくしているはずのピンキーのメンバーを追いまわしたという。

もう一台のカワサキはさらに速かった。十数台のバイクのあいだを縫うように走り、全車を抜いて置き去りにしたのだ。

しばらく追いかけて、駐車場で休憩していた二台に追いついたのは、例の大柄で女子バスケ選手みたいなメンバーだったという。彼女もかなり速いらしい。

「びっくりしたのは二台とも女だったってことでさ」

追いついたピンキーのメンバーたちは、ホームコースでぶっちぎられては面子《メンツ》が立たないといきりたった。

自分たちのリーダーと一度勝負してほしいと言うと、黒いカワサキの女性は興味なさそうに立ち去ろうとした。

だがドゥカティのライダーは笑って、カワサキの女にこう告げたという。

「いいじゃない。もしそのリーダーの子に負けたら、わたしの提案を考えてみて。有紗ちゃんはそろそろ、公道を卒業するタイミングよ」

やがてドゥカティの女の説得に根負けした黒いカワサキの女が、次の土曜日なら、箱根スカイウエイにいると明かしたのだ。

「だから今日は、ピンキーのリーダーとしてクイーンに負けられないんだよ」

安里はきゅっと唇をへの字にして、有紗が箱根に向かってくるであろう海沿いのバイパスに目を向ける。

やがて、波の音しか聞こえなかったバイパスの遠くから、ゴオオ……という低い連続音が聞こえてきた。

はるか遠くに黒い点が現れた。点はすぐに黒い楕円になり、やがてバイクとライダーの姿に変わっていく。

「クイーン、有紗さんだ」

安里よりもずっと早く、和樹は彼女だとわかった。

フルフェイスヘルメットに革ジャン。そして、タイトなレザーパンツ。バイクまですべて黒一色だ。

派手なレーサーレプリカの団体に目をやり、軽くうなずいた。待ち合わせどおりに来てあげたわよ、と。

箱根の女王は熱帯魚の群れみたいなピンキーの集団から離れた、黒くて傷だらけのRZに気づき、さらに速度を落とす。

革ツナギで座っている和樹に向かって軽く手をあげた。

ヘルメットのシールドごしだから、有紗の表情はわからない。

ペースを落としたZ750FXはパーキングには入らず、本線をゆっくりと流している。

和樹はレザーパンツの尻を目で追う。

和樹のツナギの中で、びくっと肉茎が反応した。

ついさっき、目の前の安里の膣奥に射精したというのに、有紗の尻を思い出しただけで身体が熱くなる。

「なにやってんだ、行くぞ」

安里の声に振り返る。

ピンキーのリーダーは、とっくに400ガンマにまたがっていた。

蛍光イエローのヘルメットに筆書き調の「奥多摩」という切り文字ステッカーが貼られている。

「いいのか、俺も行って」

クイーンと安里の一騎打ちの予定ではなかったか。

「バカか、おまえ。クイーンが誘ってくれただろ。女からのサインを見逃すようじゃ、また童貞に逆戻りだな」

安里は400ガンマのキックペダルを踏みおろす。

四本のアルミ缶みたいなサイレンサーが放つのは、カン、カンという2ストローク・スクエア四気筒独特のサウンドだ。

「なんだよ。あたしとヤッたらすっかり腑抜けかよ。もう童貞じゃないんだぞ」

安里の大声が、和樹を正気に戻した。

「うるさい。おまえこそ、もう処女じゃないんだ。無理すんなよ」

和樹はRZのキックを踏みおろす。並列二気筒エンジンが規則正しい間隔で震える。

ヘルメットをかぶる。シールドで区切られた世界は狭い。

白青に赤ゼッケンの400ガンマが和樹を追い越すと、白煙を吐いて一気に加速した。

フロントタイヤが浮き、棹立《さおだ》ちでパーキングを出る。

(負けてられるか)

和樹もRZの回転をあげ、半クラッチでスタート。全開加速でフロントが一気に軽くなる。

二台が勃起角を競うようにウイリーで本線に合流する。

道の先には黒革の見事な尻が待っているのだ。

第六章　生ヒップ頂上バトル

1

スカイウエイの料金所を出て、すぐ脇の退避エリアに三台がそろった。

女ばかりの走り屋チーム「奥多摩ピンキー」のリーダー、安里が乗る白青のスズキＲＧ４００ガンマは、ヘッドライトを潰して赤いゼッケン１のプレートを貼っている。カアン、カアンッと四気筒の２サイクルエンジンを吹かすたびに、背中にチーム名をプリントしたピンクのトレーナーが揺れる。

蛍光イエローに塗ったヘルメットの頭頂には「奥多摩」の文字が入っている。どこでも目立つ姿だ。

派手な４００ガンマとは対照的に、外装からエンジン、ホイールまですべてブラックで統一した、箱根のクイーン、有紗のカワサキＺ７５０ＦＸが隣でゴッ、ゴッという岩を転がすようなアイドリングで身震いしている。

安里の４００ガンマがアルミと樹脂のライト級なら、ＦＸは鉄をつめこんだヘビー級だ。

細かい傷や錆《さび》は多いが、レース用のＣＲキャブレターやロッキードのブレーキまわりなど、メンテナンスが必要な部分は輝いている。

有紗のウエアは愛車と同様にすべて黒い。タイトな革ジャンがバストを包む。ぴっちりした黒革のパンツが、芸術品みたいにまるいヒップを強調する。

和樹の童貞を奪ってくれた尻だ。

退避エリアで、安里と有紗は特に言葉を交わさなかった。フルフェイスのシールドも閉じたままだ。

やがてスカイウエイの上りコーナーを見つめていた有紗の切れ長の目が、女ふたりのバトルに飛び入りした和樹とヤマハＲＺ２５０に向く。

自分が童貞を卒業させた行きずりの少年というのは、年上女性にとってどんな存在なのだろう。

パン、パンとアイドリングしている傷だらけのＲＺと、それにまたがるガムテープ補修だらけの革ツナギに有紗の視線が向く。なんだか股間がむずがゆい。

やがて有紗の目がふわりと柔らかくなった。

シールドごしに見える顔の面積はごくわずかだ。それでも和樹には、有紗が微笑んだのがわかった。

一瞬の笑顔をスタートの合図にしたように、有紗がギヤをローに入れる。続いて安里も。

スタートの合図などないのに、ふたりの女性が駆るバイクが、アスファルトを同時に蹴った。

４００ガンマが四本のサイレンサーから白煙をまき散らし、フロントタイヤをあげぎみにして長い直線を加速していく。国産４００ccの中では随一の加速性能。安里はさらに給排気系に手を加えているから強烈なパワーだ。

有紗のＦＸはわずかに遅れた。

それでもガオオオッという勇壮なサウンドを箱根の山に響かせて、安里を追っていく。

和樹は有紗の尻に見惚れて、スタートが遅れた。

走り出したらＲＺのスロットルをほぼ全開で固定し、タコメーターのレッドゾーンに届く瞬間、ごくわずかな半クラッチでギヤをあげていく。

ゼロヨン好きのクラス委員長、理佳から教わった加速のテクニックだ。

それでも先行する二台に対して、古いＲＺはパワーがまったく足りない。

二台のうしろ姿は小さくなるばかりだ。

（ちくしょう。ストレートじゃ勝負にならない）

箱根スカイウエイは上り勾配がきつく、まわりこんだ高速コーナーをストレートがつなぐ。

バイクの性能がもろに出るコースでRZには不利だ。

ピンクのトレーナーと蛍光イエローのヘルメットの安里が、左の高速コーナーに飛びこむ。イン側に大きく尻を落とし、カウルの内側に頭を押しこんで思いきり伏せる。

コーナーのイン側にツナギの膝を接地させ、金属的な排気音を残して立ちあがっていく。太いタイヤが滑る寸前でコントロールしている。

続く有紗のライディングは、はるかに地味だった。

コーナーの手前で重いFXを減速させると、イン側にわずかに尻を落とす。

和樹を魅了した尻を半分だけシートに預け、あごを引いた姿勢で美しい弧を描いてコーナーを立ちあがる。細身の背中が軽く曲がって、コーナーの出口に向かってするすると加速していく。

それぞれを単独で見たなら、安里がロードレースなみに速く、対して有紗はツーリング中みたいに思ったろう。

乗りかたはまるで違うのに、ふたりの速度はほとんど変わらない。

(追いつめるんじゃなくて、安里を見守ってるみたいだ)

はじめて箱根で出会い、有紗の尻を追いかけて和樹は転倒した。そのときの有紗のライディングは豪快だけれど、もっと乱暴だった。今はまるで違う。

(ドゥカティの日奈子さんの乗りかたに似てるな)

雨の箱根で出会った優雅な女性ライダーだ。バレエみたいにスムーズな動きで、イタリアのスーパースポーツと和樹を操った。

高級旅館の露天風呂で、

「バイクもセックスも、無理をせずに自分が気持ちよくなることだけを考えていれば、もっと単純で、楽しくなれるんです」

と教えてくれたのを思い出す。

(今日の有紗さん、すごくバイクに乗るのが楽しそうだ)

和樹は二台から距離を置き、深呼吸して肩の力を抜く。

次は左から右へ、高速コーナーの切り返し。

４００ガンマが振り子のように車体を揺らして向きを変える。トレーナーの背中から気合が伝わってくる。

「うおっ」

和樹はヘルメットの中で唸った。

追うFXがアメンボみたいに瞬間移動して、左から右に傾きを変えたのだ。後続する和樹には、有紗の動きがほとんどわからなかった。

一瞬で二台の差がつまる。

きっとカワサキ製四気筒の重低音が聞こえたのだろう。安里がミラーに視線を走らせ、びくっと右手が震えた。いくら有紗のホームコースでの勝負とはいえ、これほどすぐに肉薄されるとは思ってもいなかったようだ。

(待てよ。さっきまで離されていた俺も追いついてる)

不思議な感覚だった。

峠を限界まで攻めるときのヒリヒリする感覚がない。

有紗のうしろを走って、同じタイミングでブレーキをかけ、FXの軌跡をなぞるだけで、いつもより速く走れる。

S字コーナーが連続する切り返しもスムーズになっている。

(キンタマも軽いぜ)

間の抜けたことを考える余裕もある。

バイパスのトイレで安里の処女膣にたっぷりと射精した。身体からほどよく緊張が抜けている。

スタート直後ははるか遠くに感じていた二台が、今は声が届きそうなほど近くを走っている。

(おもしれえ)

安里が400ガンマのチャンバーを路面に擦りそうなほど深くバンクする。幅広のリアタイヤが一瞬だけ滑ったが、すぐに立てなおしてフル加速。

有紗のFXはエンジンの幅が広く、寝かせすぎるとクランクケースカバーが接地してしまう。カン……カカッとエンジンの端を路面に擦って、小さな火花を散らしながらコーナーをクリアしていく。

和樹はブレーキングのポイントを少し遅らせた。

二台よりも非力なRZだが、軽さが武器だ。

ブレーキをこらえて、コーナーでの速度を保つ。ただし、限界までは攻めない。

(有紗さんに教わったんだ)

黒革に包まれたヒップを追って転倒した日、有紗は和樹の勃起を優しく手であ

やしながら、

「峠では限界を超えないように走るのが基本だし、いちばん速いのよ」

と教えてくれた。

もうすぐ、スカイウエイの勝負どころの右コーナーだ。

登坂車線が増える片側二車線で、ぐるりとまわりこんでいる。

先行する４００ガンマは内側車線のさらにインを走る。コーナーに突っこみ、
フルブレーキング。大きく腰を落として膝が路面を擦る。

ＦＸはコーナーを大まわりする登坂車線にいた。

早めにブレーキング。排気の爆音が一瞬だけ消える。

黒革に飾られた丸ヒップがイン側にすっと入る。

フルバンクの時間は短かった。

すぐに加速に移る。有紗のいる車線にだけレールが敷いてあるように、ＦＸが美しい弧を描いて立ちあがっていく。

有紗は外側の車線から、四本のサイレンサーが並んだ４００ガンマの尻に追いつき、そしてあっさりと追い抜いていく。

（すげえ。やっぱり有紗さんは最高だ）

安里がヘルメットの中で「マジかよ」と驚いている姿が目に浮かぶ。

抜き返そうとした安里が、スロットルを乱暴に開ける。だが、リアタイヤが大きく滑った。

有紗が抜いた瞬間に、女どうしのバトルは決していたのだ。

黒革のクイーンがみるみる離れていく。

失速してアウト側にふらついた400ガンマの、四本のサイレンサーが和樹の目の前に迫る。

(悪いな。クイーンの尻を追って……ヌクのは俺だ)

視線を低く、膝をイン側に向けると、有紗と同じタイミングで右手をひねる。

白地にブルーのラインが入った、400ガンマのテールが目の前にある。

アウトから自分を抜くRZに気づいて、安里は「とっととイケよ、バカ」と言いたげに、ハンドルに添えた左手から中指を立てて速度を落とした。

(安里、いい子だな)

口は悪いし、無鉄砲だけれど、なんだか格好いい。

だが、今の和樹が狙っているのは有紗の尻だ。

スカイウエイの上りはそろそろ終わりだ。

頂上にあるレストハウスの先を左折する。

ＦＸの巨体が楓ラインに入った。

観光名所で有料道路のスカイウエイとは違ってただの県道だから狭く、舗装も荒れている。車輛《しゃりょう》の性能よりも、乗り手の腕がものをいう峠だ。

和樹は路面の継ぎ目やマンホールの位置まで覚えている。黒ずくめの有紗を追って、コーナーに飛びこむ。

はじめて伝説の箱根のクイーンに遭遇したのも、この楓ラインだ。

ＦＸのフロントタイヤは本来、直径19インチ。有紗はレース用でマグネシウム製の軽い18インチホイールに交換しているが、それでも重くて旧い大排気量車を峠の下りで扱うのは大変なはずだ。

けれど有紗の膝と肩がインを向くと、ＦＸは忠実に向きを変える。乗り手の意志を感じ取る名馬みたいだ。

和樹も負けてはいない。ブーツの底でステップを踏み、イン側に腰を落とす。

(見学コーナーは近いぞ)

下りの左コーナー。アウト側に広い芝生がある。峠を攻めるライダーどうしの、コーナリングを見物するポイントだ。

有紗を追いかけ、その尻に見惚れてスリップダウンした苦い記憶は、そのあとで受けた甘い初体験の思い出で上書きされている。

先行するFXのブレーキランプが点き、巨体のフロントが沈む。

ぴっちりしたレザーパンツに覆われた尻が輝いている。

背中がまるまって本気のライディングだ。長い黒髪が嵐の日の吹き流しみたいに暴れている。

(きっと、有紗さんは濡れてる)

童貞を卒業したとき、峠のバトルで興奮するのだと明かしてくれた、謎《なぞ》めいた年上美女の目を忘れられない。

ブレーキングと同時に黒い影のインに飛びこむ。革ツナギの膝にガムテープで貼った、潰したアルミ缶が路面に接触してシャリシャリと滑る。

FXの右出し集合管の重低音がすぐ近くで聞こえ、やがてその音が右うしろに下がって、小さくなった。

見学コーナーは左にまわりこんでいる。出口に向かって右手をひねる。

パワーを与えられたRZのフロントが浮きぎみになって接地感が消え、ハンドルが左右に暴れ出す。

昔の和樹ならあわてただろう。

今は違う。バイクの挙動はセックスでの女性の反応と同じだ。シーツを握りしめたり、男の背中に爪を立てたり、腰を小刻みに震わせたり、そんな女性の反応を楽しむのと同じように、バイクの動きを自然に受け入れて、もっとパワーを与えてやる。

フロントが落ち着き、パーンッと乾いた2ストロークのサウンドが響く。コーナーがいつもよりゆるく感じる。

ミラーを見る余裕ができた。まるいFXのヘッドライトが映っている。

公道のバトルでは明確なゴールラインはない。

楓ラインでは峠を下り、集落の手前にある小さな公園をゴールとして減速するのが走り屋仲間の暗黙の了解だ。

最後の左ヘアピンを立ちあがって、ストレートの先がその公園だ。

(有紗さんがうしろにいる。俺の背中を見てくれてる)

和樹は勃起していた。

コーナー出口で、一気に全開。フロントが軽くなる。

キッといやな音がして、チェーンが不自然に張った。

（ヤバい。焼きつきだ）

古い２ストロークの弱点ともいえる現象だ。シリンダーとピストンを潤滑する油膜が切れ、金属どうしが擦れて溶けてエンジンが急停止する。リアタイヤがロックして滑り、長いブラックマークが路面に残る。

路肩の側溝が目の前に迫る。

（ちくしょう。だめだっ）

和樹は転倒寸前にクラッチを切った。

エンジンは動きを止めていた。チェーンの駆動音だけがシャラシャラと虚《むな》しく響く。路肩にＲＺを寄せた。

２

公園の入口でサイドスタンドを出す。転ばずに済んだのは幸いだった。

うしろでゴウッと低い排気音が聞こえた。ＦＸが脇に止まる。

「トラブっちゃった？」

シールドを開けた有紗の視線が、路肩でため息をつく和樹に向く。

切れ長の目が「焦ってイッちゃったの？　やんちゃねえ」と言いたげだ。

「焼きつきみたいです」

「とりあえず、公園に入りなさい」

和樹が壊れたRZを砂利敷きの公園に停める。

公園とはいっても、芝生の上に子供むけの遊具が点在するだけ。まわりを灌木に囲まれた殺風景な場所だ。

セミの声がうるさい。

FXから降りる有紗の脚が、かくんとふらついた。

「大丈夫ですか」

「あはっ、エンジンを壊したキミに心配されたくないなあ」

笑っているけれど、声がかすかに震えていた。

「やっと有紗さんに会えました」

ヘルメットを脱いだ和樹の第一声だ。待ちわびていた。

有紗もヘルメットを脱ぐ。

「さっきの奥多摩のガンマの子たちと知り合いだったなんて、びっくりしたわ」

すっぴんなのに、ルージュを塗ったみたいに艶やかな唇で笑っている。うれしそうだ。乱れた長い黒髪を整える指が細くて長い。

「いえ、あの子とは今日、たまたま会っただけで」

アクシデントが重なって、処女をいただいたばかりだなど話せるはずがない。

「キミ、とってもバイクに乗るのが上手になった。前は危なっかしかったのに、今はうしろから見ているだけで……」

目が泳いで、頬が赤く染まった。

「わかるよね？」と言いたげな瞳だ。

黒いブーツのつま先が、意味深に内側を向く。

「……エッチな気分になってもらえましたか」

「ばか」

眉根をきゅっと寄せたけれど、すぐにくすりと笑う。

「でも、どきどきしたのは、わたしだけじゃないみたい」

有紗の視線が、和樹の股間に向いていた。憧れの尻を間近で追ったのだ。若茎はボロボロの革ツナギを破らんばかりに膨張していた。

「キミが勝ったから……お姉さんがなんでもしてあげる」

黒真珠のように輝く瞳と、朝露に濡れた薔薇みたいな唇が近くにある。

「あの、それならキスがしたいですっ」

和樹は一秒も悩まずに答えた。

はじめてのセックスではキスを許されなかった。

「もう……かわいいんだから」

少年がずっと温めてきた願いに、有紗が苦笑する。

「うふ。ちょっと緊張するね……」

半開きの唇を舌が軽く湿らせる。

唾液に光る女の舌を見ただけで、じわっと先走りが漏れた。

「ああ……有紗さん」

唇がぴったりと重なり、和樹の言葉が唇で遮られる。

「ん……ふ」

有紗の舌が和樹の唇を割って侵入してくる。

「はん……うぅ、はああっ」

受け身の和樹がため息をついてしまった。

野性的なお姉さんの舌が、和樹の舌にからみつく。

温かな唾液がとろとろと流しこまれる。

柑橘《かんきつ》みたいに爽《さわ》やかな味を感じた。

「う……有紗さんのキス……気持ちいい」

後頭部を砂糖漬けのハンマーで殴られたみたいに、脳内が甘くとろける。

ギシッ、ギシッとふたりのバイクウエアが擦れる。

「わたしたちに挟まれて、苦しそう」

有紗の手が和樹のツナギのファスナーを引きおろす。

柔らかい手が股間に滑りこんだ。

激しいバトルで火照った身体を外気が冷やす。

「くううっ、気持ちいいっ」

先ほどまで重量級のナナハンを操っていた手が、繊細な動きで肉茎をとらえる。

「硬い。閉じこめられてつらかったでしょう」

「ううっ、有紗さんの手……すべすべだ」

ファスナーを開けただけでは、股間は下着につまって窮屈なままだ。

和樹が革ツナギから肩を抜くと、正面に立つ有紗が脱ぐのを手伝ってくれた。

「もう……がまんできません」

砂利の上だが、構うものか。和樹はブーツを脱いで裸足になる。Tシャツを脱ぐのももどかしい。黒の革ジャンとレザーパンツで固めた美女の前に、十七歳の男子高校生が全裸で立つ。

「ちょっと……キミ、大胆というか、ストレートというか」

若い高張力ピストンは陽光を浴びてルビー色の亀頭を輝かせ、透明な期待のオイルを先端からにじませる。

「でも……嫌いじゃないかな、キミみたいなタイプ」

有紗が革ジャンを脱ぎ、クリーム色のTシャツ姿になる。

Tシャツの胸に半球が並び、先端はぽっちりととがっていた。

ノーブラだ。生地が淡色だから、ワイン色の突起が透けている。

Tシャツの腋には大きな汗染みがあった。気合の入ったライディングの証拠だ。

湿った石灰みたいな女の匂いが鼻をくすぐる。

「ああ……有紗さんの胸も……見たいです」

初体験では下半身だけ裸でまたがられてしまったから、和樹は有紗の乳房を見たことがない。

「ふふ。キスの次はおっぱいのおねだり？　わがままなんだから」

有紗が胸を突き出すと、おどるように振ってみせる。脱がせてというサインだ。

和樹はＴシャツの裾をつまんで引きあげる。

有紗は協力して腕を高くあげてくれた。

白磁のように滑らかな乳房が現れた。

「とっても、きれいです」

やや上向きの洋風バストの先ではワイン色の乳首がちょんととがっている。乳輪の色は濃くて、大人の女の魅力に満ちていた。

「外でおっぱいを出すなんて、恥ずかしいけど……どきどきするわね」

乳房を拝んだだけで和樹の尿道がゆるみ、ぷりっと透明な興奮の涙がこぼれた。

手で触るより先に、顔を胸の谷間に埋めてしまった。

「ああ、柔らかくて……あったかい」

汗で湿った谷間でしゃべると有紗があんっと悲鳴を漏らした。

向かいあって立ち、乳首を吸う。

「あは……キミ、赤ちゃんみたいだよ」

ちゅっ、ちゅっと音を立てて乳首を吸う少年の髪を有紗が撫でてくれる。

「ん……あぁん、上手だね。お姉さん、本気になっちゃう」

息継ぎで乳首から口を離すと、代わって有紗がしゃがむ。

有紗の艶やかな黒髪の先が肉茎に触れた。最上級の絹糸みたいな感触だ。

「くああっ、髪でさわさわされて……気持ちいいっ」

わずかな刺激なのに、有紗のパーツが性器に触れただけで射精しそうだ。

少年の中心軸に、キスをしたばかりの唇が迫る。

湿った吐息が勃起をくすぐる。

「くふう、有紗さんの口が……近い」

唇をすぼめた有紗にふうっと息を吹きかけられただけで悶絶《もんぜつ》してしまった。

「もっと近くで、してあげる」

さくらんぼを食べるみたいに、柔らかな唇で亀頭を含まれる。

唇が絶妙な圧力でくびれを締めた。

「あっ、ううう……とろけそうです」

急に有紗が唾液まみれの亀頭から唇を離す。

「ああっ、どうして途中で」

腰を無様に突き出して、刺激を求めてしまう。

「奥多摩のガンマの子とは、ただの関係じゃないでしょ」

「え……ええっ、どうしてそんな」

ぎくりとして、背すじが緊張する。

「だってここから、女性の匂いがするもの」

白状しなさいとばかりに亀頭の縁を指の腹で撫でる。

「う……くううっ、それは……いきがかりで」

有紗の快楽攻めに耐えることなどできない。

「あら。わたしはキミに再会するまで誰ともしなかったのに……キミは遊んでたのね。おしおきよ」

ふたたび亀頭を咥えられる。

舌が肉冠に巻きついた。

ずっちゅ、じゅぷうっ。

はじまったのは、激しいピストン攻めだ。

「くああっ、チ×ポがしびれるっ」

有紗のフェラチオは、ほかの女性とはまるで違う。

舌先が尿道口を掘り、唇が肉茎を高速で上下する。

(これじゃ、童貞のときみたいに早くイッちゃうっ)

強烈なバキュームで尿道が開き、たまっていた先走りを吸い出される。

「だめです。こんなの……すぐ出ちゃうっ」

許してという意味なのに、口唇奉仕は止まらない。

「んほ……こんな簡単にイッていいの？　とぷとぷ漏らしなさい……んんっ、あはぁ……ほかの女の子よりも、わたしが感じるって言いなさい」

肉茎をしゃぶったままの言葉責めだ。声帯のビブラートが亀頭を震わせる。

挑発のセリフに続いて、じゅぽっ、じゅぽっと音を立ててしゃぶられる。

「ひいっ、有紗さんのフェラがいちばんです。ほかの人とはぜんぜん違うっ」

唾液の沼に肉茎が溺れる。

「おお……すぐにイキます……くぅぅ、がまんできないっ」

腰を突き出し、無様に喘いでしまう。

「ん……あっ、ああん……いいの。飲ませてっ」

身体の芯が抜けそうなバキュームだ。

「くおおおっ、有紗さん、ああ……出しますっ」

どぷっ、とぷっ、ごぷぅぅっ。

ずっと追いかけてきた女性のいとしい口に、情熱のエキスをたっぷりと贈る。

「ほ……んおおっ、あーん、たくさんっ」

大量の雄液を舌根に浴びた有紗は、大きく目を見開き、あごを震わせる。

白濁の掃射は二度、三度と続いた。

「お……んんっ、濃い……どろどろ……っ」

細い眉を歪め、涙を浮かべた有紗は頰をふくらませて、精液を口内にためる。

(きっと飲みにくいだろうに、一生懸命……)

こくんと喉を鳴らして精液を嚥下する。

「ん……は……くぅん。やっぱり……すごい味……」

小さくむせた唇の端から、つうっと白濁液が垂れて、美しい乳峰を汚す。

「うう……多すぎてごめんなさい……だって、俺……」

聖らかな女神を汚したみたいで後悔した。

「いいのよ。キミの元気と……愛情かしら。たしかに受け取ったわ」

濃厚な雄液を飲みほした有紗が、精液と唾液で光る唇で微笑んだ。

3

「今度は俺の番です。シートに座ってください」

全裸で肉茎をぶらさげた和樹は宣言する。

(もう童貞じゃないんだ。俺が有紗さんを感じさせてやる)

唇からあふれた精液が垂れたバストを揺らし、下半身はタイトな黒のレザーパンツとブーツ。劇画のヒロインみたいにセクシーな格好だ。

サイドスタンドで停まったFXのシートに横座りしてもらう。

重量のあるバイクだから少々のことでは揺れない。

「なあに？　ちょっと楽しみかな……」

飲精の余韻で、有紗の唇がねっとりと光っている。

和樹は女王の前にひざまずくと、左右のブーツを脱がす。

グレーのソックスが現れた。指で脱がしては芸がない。

顔を伏せ、いたずら好きの子犬みたいにつま先を噛んで引っぱった。

ソックスに染みた、優しい酸味が口に拡がっていく。

「ちょっと、もう……変態さんなんだから」

有紗は呆れながらもうれしそうに口元を手で隠す。

(こんなふうに笑ってくれる人なんだ)

箱根のクイーン、旧いナナハンを駆る黒革の女騎士。そんな伝説とは違う、素直で明るい笑顔だった。

アルミ製のステップに有紗の素足が乗っている。

足の指は細くて爪は桜色。アスリートを思わせる健康美だ。

ブーツの中で蒸れたつま先を口に含む。

「ああん……恥ずかしい」

指のあいだの湿気が和樹の舌に染みる。

(有紗さんの足の指、おいしいっ)

有紗の口にたっぷりと射精したばかりなのに、濃縮された女の塩味が舌の上に拡がって、魔法の薬みたいに若茎を蘇らせる。

「ん……足ばっかりなんて、焦《じ》らさないで……」

頭上で金属音がした。有紗がレザーパンツのファスナーをおろしたのだ。

「ふふ。キミとはいつも外でエッチする運命なのかな」

シートに乗せたまるいヒップを浮かせると、黒革がぎしぎしときしみ、縦割れのへそから下があらわになる。

グレーのスポーティなショーツが現れた。

引きしまった太ももの奥で、狭いクロッチが花蜜で大きな染みになっていた。

(すげえ。お漏らしみたいにぐしょぐしょだ)

和樹が出会った日、箱根のクイーンの下着は鮮やかな真紅のTバックだった。今日のグレーショーツは飾りもないシンプルなもの。ふだん遣いの下着がありえないほど濡れているのは、過激な下着よりもいやらしい。

「は……あ、キミの視線、刺さる……あっ、あ……だめ。早く……もっと」

有紗は峠の勝負が白熱するほど高ぶるのだ。

花蜜まみれの下着が有紗の発情度を示すメーターだ。クロッチに隠れた姫口の興奮は、とっくにレッドゾーンに達しているはずだ。

「有紗さん、すごくエッチです」

FXのシートに横座りした女神の中心に顔を埋めた。

熱した鉄と湿った革の匂いが和樹の鼻腔に満ちる。

唇をクロッチに重ねると、生地ごしに柔らかな陰唇のかたちがわかる。

「は……ああんっ」

クールな年上女性が重量級のナナハンの上で悶える。

クロッチに染みた淫蜜を吸う。生々しい塩味がうれしい。

ちゅっ、ちゅぷっと発情オイルをする。

「やだ……キミ、すごく上手になってる」

視線をあげると、有紗が切れ長の目を潤ませ、頬を染めていた。

布ごしの愛撫でも、女性経験を積んだとわかるらしい。

(俺のクンニで感じてくれてる)

女王様に剣術を褒められた騎士《ナイト》みたいに誇らしい。雄の肉剣が天を仰ぐ。

「あ……あん。濡れて、恥ずかしいから……脱ぎたい」

かすれた声が降ってきて、和樹の髪を有紗の指がくしゃくしゃにする。

ショーツをゆっくりと引きおろす。

片方の足首に引っかかった濡れ下着を、有紗が脚を振って地面に捨てた。

「ああ……とってもきれいです。有紗さんの……」

オマ×コなんてストレートな言葉で呼ぶにはあまりにも神秘的だった。

赤紫のフリルに挟まれた、ピンク色の洞窟が陽光を浴びて輝いている。その上では三角のフードから小粒な真珠が顔を出す。

恥丘を飾る縮れた黒毛まで、すべてのパーツが透明な花蜜に浸っていた。

「ううっ、有紗さんっ」

鑑賞している余裕などなく、和樹は縦割れの果実にしゃぶりついた。ねっとりと濃い雌シロップで唇が滑る。

舌の先で陰唇の溝を探る。野性的な薫香が強くなった。

「はぁんっ、年下のくせにエッチなんだから……」

童貞のときは女性器のかたちなどわかっていなかった。

(クリトリスは優しく、舌の先で撫でるようにするんだよな)

五人の女性の身体を知った今は、有紗の陰裂の上端でわずかにふくらんだ小突起を舌の先で探ることもできる。

クリトリスをついばむと、汗で冷えた太ももが和樹の頭を強く挟む。

舌をねじって、姫口に沈めた。

熱い。走り終えたばかりのエンジンよりも、膣道はさらにヒートしていた。

「んんっ、は……あううっ、びりびりするぅ」

有紗が和樹の髪をぎゅっとつかむ。

サイドスタンドで停まったバイクから、ヒップがずり落ちそうだ。

和樹は両手で内ももを支えてやる。

「ひ……はああっ、ぜんぶ、見えちゃうっ」

M字に開かれた脚のつけ根を太陽が照らす。

尻の谷から垂れた花蜜がシートの脇を伝う。

ぱっくりと咲いたピンクの膣口から、無限に続く粘膜の重なりがのぞけた。

「奥までとろとろで、かわいいです……おいしいっ」

濡れていることを強調するために、下品な音を立てて陰裂をすする。

「だ……だめっ、こんなの……いいっ、すごく、いいのっ」

有紗がのけぞり、長い黒髪をおどらせる。

和樹の頭上で、ひたん、ひたんと並んだ乳房がぶつかる。

汗の膜で光るバストが磨いた貝細工みたいだ。ワイン色の乳首がとがっている。

陰核を舌先で転がしながら、和樹は腕を高くあげて乳房を揉む。

乳首に指が触れると、有紗はあーんっと叫んだ。

「いやらしくて気持ちいい……続けて。わたし……もう……はううっ」

膣口からどっと花蜜があふれた。

ここが勝負のポイントだ。限界まで責める。

乳首をつまみ、下唇で膣口にキスをしてやる。

「んひっ、あ……ひっ、だめ。イク……イクぅ」

とどめだ。充血したクリトリスをちゅっと吸う。

「奥からあふれてくる。和樹くん、すてきよ。しびれちゃう」

汗まみれの太ももが和樹の両耳を挟む。有紗がはじめて「キミ」ではなく名前を呼んでくれた。

「感じちゃう。公園でなんて恥ずかしいのに……ああん、こんなにイクの、はじめてなの……はっ、あ……あっ、また……イクっ」

エクスタシーの独唱が、股間で猛る勃起に響く。

舌を穿《うが》った姫口が、ひくひくと脈打っている。

「あうう、ずっとイッてるの。気持ちいい……っ」

和樹の唇が、女の絶頂シャワーで濡れる。

黒いナナハンの上で、女神の痙攣は数十秒も続いた。

(俺が……有紗さんをイカせたんだ)

濃厚な絶頂の蜜を、和樹は存分に味わった。

愛車のシートに腰かけた有紗のボディは完璧《かんぺき》だった。

ストレートの黒髪がかかった肩はまるみがあって、二の腕は健康的な筋肉がほどよくついている。重量級のナナハンを扱うための腕だ。

陽光を浴びて輝く上向きのバストは大理石の彫像みたいに芸術的なのに、とがった乳首は濃いピンク色がいやらしい。作り物でない女の性の象徴だ。

ウエストはきゅっとくびれて筋肉質だ。縦割れのへそが深い。

かわいいとか、セクシーとかでなく格好いいヌードだ。

「ふふ。じっと見られると、くすぐったい」

有紗はシートから腰を浮かせ、芝生に素足で立つ。

脱いだ黒革の上下と和樹の傷だらけのツナギを地面に拡げた。

「お布団の代わり。いいよね」

ふたりぶんのウエアの上で四つん這いになる。脚が長い。

恥丘を飾る毛の面積は小さいが密集している。

その中心を縦に割った恥裂がきらきら光っている。

空冷のフィンから熱を放つＺ７５０ＦＸの隣に、それを御していたクイーンが這っている。有紗の脚は、ふくらはぎが細く、膝がしっかりとまるくて、太ももにはみっしりと筋肉がついている。

和樹は眼前に停まる見事なボディに手を添えた。

「あっ、ちょっと……待って」

いきなり後背位でつながろうとする少年に、有紗が戸惑っている。表情はわからないが声でわかった。

「こんなふうに誘われたら、待てませんっ」

ぐいと腰を突き出す。

天を衝《つ》く肉槍の先で輝く、ルビー色の亀頭が引きしまった丸尻の谷間に沈む。

「くう、熱い……チ×ポの先が焦げそうです」

最上級のオイルでたっぷりと潤った女のシリンダーに若いピストンを当てると、一気に貫いた。

ずちゅっ、ぷちゅぅっ。

圧縮された淫蜜が姫口の縁から噴く。

「は……ひいいっ、熱い……硬いのぉ」

陰唇がめくれて肉茎にからむ。ねっとりと白濁した蜜が結合部から漏れた。

「ほ……ああっ、ぶっといぃっ」

獣の交尾スタイルで貫かれた有紗がのけぞる。

髪が揺れて、一瞬だけ顔が見えた。

眉根をきゅっと寄せている。潤んだ瞳は泣き出しそうだ。半開きの唇から紅色の舌がちらりとこぼれた。

洋菓子みたいな白い丸ヒップに挟まれた桃色の洞窟を、黒い雄幹が満たす。

ずっぽりと男根を受け入れた姫口の上に、薄紅色のすぼまりがある。

男勝りのナナハン遣い。箱根のクイーン。

伝説の走り屋レディの排泄器官がひくついている。

(有紗さんのお尻の穴だ。ほかの男には見せたくない。俺だけのものだ)

ガチガチに鍛えた雄肉で女の秘洞を蹂躙《じゅうりん》する。

「お……こふぅっ、和樹くん……前よりすごいっ」

朝の児童公園に、獣の交尾ポーズで貫かれた女の喘ぎが響く。

膣道の奥に肉茎が吸いこまれる。

柔らかい襞の重なりに亀頭が包まれる。

強烈な快感に、じわりと先走りが漏れる。

「あん……おチ×チンが、あったかい」

(じわじわ締めつけてくる。細かい襞が動いてる)

童貞だったころとは経験値が違う。

年上ナースの膣道はクンニ絶頂でほぐれているから、入口エリアよりも奥が感じるのではないか。

前後に大きく動かす前に、深く結合したまま肉茎を上下に振る。亀頭の縁で膣壁をかき混ぜてやる。

「んはあっ、いいっ」

後背位でつながった背中がびくんと震えた。

さらに結合を深くすると、ゴムのような感触の粘膜リングに突き当たる。

神聖な女壺への入口、子宮口だ。

充血した肉槍でこりっとした器官をノックすると、有紗が太ももを震わせ、長い黒髪を振りまわして悶える。

「ひんっ、奥をとんとんしていじめるなんて誰に習ったのよ。生意気っ」

激しい摺動を求めて、細い腰が前後にスライドをはじめた。

(有紗さんが俺のチ×ポを欲しがってる)

有紗が振る腰に対向する動きで膣奥を突く。

敷物代わりの革ジャンが有紗の膝の下できしむ。

「はああっ、もっと。いじめてぇ……」

有紗が前のめりになった。

勢いあまって、薄濁りの絶頂蜜にまみれた肉茎が、充血した陰唇を裏返して、にゅるりと抜けた。

勃起の先で男女の混合オイルが糸を引いて光る。

「あんっ、抜いちゃだめぇ」

クールな有紗には似合わない、甘えた声が和樹を発憤させる。

「ずっとうしろからは……さみしいから」

和樹の前で裸のクイーンは身体を反転させる。

「和樹くんがわたしの中でイクときの顔を見たい」

ふたりのウエアを敷いた上に、有紗があお向けになった。

裸のビーナスが全身のパーツをさらしてくれる。

ぷるんと揺れる乳房が太陽を浴びて輝く。チェリー色の乳首がふくらむ。

「続けて。挿れて。抱き合って……いっしょにイキたい」

あお向けに寝た有紗が、腕を伸ばして和樹を誘う。

にちゃっ、と小さな水音を立てて、開いた腋はつるりと処理されていた。

だが目を凝らすと、小さな黒い点が散らばっていた。丁寧に毛を剃ってはいても、肌が白いから腋の毛穴がわかる。

野性的な汗の香りが男を鼓舞する。

他人は知らない有紗の身体の秘密を知った気分だ。

たまらなくなって、クイーンの腋に唇を当てる。

「ああん、だめっ」

無防備な腋を舐められて、有紗が焦っている。

「いやらしい……くすぐったい。こらっ、やめなさいっ」

怒られても止まらない。

ちゅぞっ、と音を立てて、女のエッセンスを煮つめたような濃い汗を味わう。

「ひ……はああっ、いやらしい。変態くんなんだから……ああっ」

汗の塩味が薄くなるまで舐めつづけると、有紗の全身がくにゃりと脱力する。

敏感な腋は性感帯でもあるらしい。

「ああ……有紗さんっ」

和樹は裸の女神に覆いかぶさる。

和樹が甘える子犬みたいに顔を乳房に埋めると、有紗の腕が背中にまわる。

「もう……わたしのこと、おもちゃにするなんて」

大きく開いた脚が男の腰に巻きつく。

全身が密着する。肌が溶けてしまいそうなほど幸せだ。

勃起の角度に合わせて有紗の腰が浮いた。

開いた脚の奥、ぐしょ濡れの渓谷がすぐそこにある。

「……きて。深いところで、和樹くんを感じたい」

有紗の声が震えていた。

広めの額は汗で輝き、乱れた髪から見える耳も赤い。

探るように腰を沈めると、亀頭が秘溝にはまった。

「くうぅ、有紗さんの中に……入っていく」

花蜜が満ちた膣道に雄肉を沈ませる。

ぬちっ、ぬちっと淫らな結合の音が漏れる。

「んっ、ああ……これ、好き……」

野外で貫かれる興奮にとろけた膣道は奥に行くほど熱く、そして膣襞がこりこりと硬い。

大好きな相手との結合は正常位が最高だ。

「はひ……ひいっ、がちがちに……硬いよぉ」

(これが有紗さんが感じてるときの顔なんだ)

潤んだ瞳に濡れた唇。目元がピンク色に染まっている。

「う……くうっ、前からだと、締まるっ」

ざらついた雌シリンダーを長いストロークで堪能する。

「お……おおっ……ああん、深いところ……好き」

「ほ……あうっ、感じる……突いて、もっとっ」

有紗がのけぞった。斜め下からだと、つんととがった鼻の、ふだんは見えない穴の奥まで見える。

正常位で結合して悶えさせない限り、女の鼻孔など観察できない。くすんだピンクの粘膜穴だ。女の穴はなにもかもいとおしい。

「ああ……有紗さん、すごく、きれいだっ」

つんととがった鼻にしゃぶりつく。

「んんっ、んーっ、んんっ」

舌をとがらせて年上クイーンの鼻をくすぐる。かすかな塩味がたまらない。

「ううっ、鼻なんて……だめっ」

過去のセックスで鼻孔の内側を舐められた経験はないようだ。

有紗が驚いて顔をそむけようとするが、和樹は逃がさない。

和樹は汗ばんだ頬を両手で挟み、舌先で上品な鼻の双穴を舐めた。

「やっ、やだ……ひはああんっ、だめ……んんはあっ」

有紗が全身がくねると結合が深くなる。

「くうっ、オマ×コの奥に……届きますっ」

亀頭の先が、最奥にある女の壺口をノックする。

「んほ……んっ、おおん、ちょっと、待って」

鼻をふさがれているから、有紗の悶える声が苦しそうだ。

「す、すみませんっ」

あわてて口を離し、身体を起こす。

挿入の角度が変わって膀胱《ぼうこう》の裏を突く。

「若いんだから。がっつきすぎ……やだっ、あんっ」

有紗が怒りながらも感じている、甘くとろけた声がたまらない。

「わたしの鼻にしたことのお返し。和樹くんを……食べちゃうから」

頭をあげた有紗が、和樹の耳に唇を当てる。

熱くてとろとろの舌が和樹の耳孔に滑りこむ。

耳の穴を有紗の舌が探る。

ちゅぷ、こちゅっという水音が和樹の鼓膜を震わせ、脳をしびれさせる。

「ああっ、有紗さん、くすぐったいのに……気持ちいいっ」

真夏の海に潜ったみたいに、ぬるい液体が耳の中でこぷこぷと音を立てる。

「ああっ、ああん……耳が溶けます」

はじめての耳舐め体験に、和樹は身をくねらせる。

膣道で蜜の海に溺れたペニスの快楽が、有紗の耳責めで何倍にも増幅されて、腰の動きが止まらない。

「はん……んっ、太いので削られて……いいの」

耳たぶを甘噛みされると陰嚢が縮み、亀頭がふくらむ。

「ううっ、出ちゃう。漏れちゃうっ」

かくかくと腰を振るたびに、結合部が、こぢゅっ、ぢゅぷぅと恥汁を散らす。

膣口が竿根をきつく締め、射精を誘う。

抽送のたびに下敷きになったふたりのレザーウエアが、きゅっ、きゅっと鳴る。

「いっしょにイキたいの。奥でイッていいから。いいえ、違う」

有紗の言葉が鼓膜に染みる。命令ではなく懇願だった。

「わたしでイッて。お願い、出して。ああ……奥にたっぷり、ちょうだいっ」

クイーンが精液をねだる絶叫が公園に響きわたった。

和樹は最奥でひくつく子宮口に亀頭を重ねる。

「く……ううっ、有紗さんっ、出しますっ」

どっぷ……どぷううっ。

雄の白濁ハイオクを、雌の中心に満タンに注ぎこむ。

「は……ああっ、熱い。奥に届く。濃いっ、溶けちゃう……はひ……ひ、イクイク、イッちゃうぅ。あーんっ」

嬌声のリズムに合わせて、どぷっ、どぷっと射精で応《こた》える。

「ひ……んんっ、出てる。いちばん奥にかけられて……熱いのっ」

満月を思わせる豊乳を揺すり、唇をぎゅっと噛んで、箱根の女神がエクスタシーの舞を披露する。

「くうぅ、有紗さんのイキ顔、最高にかわいいです」

「ああん……もう、生意気なくせに大人なんだから」

かぶさった和樹の背中に腕をまわして引き寄せる。

「ん……ふ。和樹くんだって最高よ」

唇が重なるよりも早く、滑らかな舌が少年の前歯を割って侵入してきた。

セミの声が、遠くなっていく。

4

「……また、峠で会えますよね？」

汗でぬらつくレザーウエアのベッドに横たわった、男女の呼吸が重なる。

「だめよ」

思わぬ拒絶に、和樹は思わず身体を起こした。

「俺、まずいことをしちゃいましたか。教えてください、直しますから。バイクのことも、有紗さんの……女性のことも勉強して」

焦ったせいで、声がうわずってしまう。

陽光の下で裸をさらしたクイーンは、あははっと笑った。

「ばかね。怒ってるんじゃないの。でも……峠は卒業」

有紗も半身を起こすと、和樹の肩に頭を預ける。

「あのガンマの子とのバトルが最後だって約束したの。昔からの峠仲間で、今はドゥカティに乗っている女性のドクターと」

和樹の脳裏に、イタリアンカラーのドゥカティに乗る、気品にあふれて優しいレディ、日奈子の顔が浮かんだ。旅館で大人のセックスを教えてくれた女性だ。出会ったとき、日奈子は昔なじみの女性ライダーに会いに箱根に来たと話してくれた。その相手が有紗だったのだ。

「あの……日奈子さんと、どんな約束をしたんですか」

「……峠を卒業して、ふたりで来年のスズカ四耐を目指そうって」

鈴鹿《すずか》サーキットでの四時間耐久ロードレース。

国際格式で日本一人気のある八時間耐久と併催される、全国のアマチュアレーサーがひしめく激戦レースだ。

八〇年代後半、この通称「四耐」はプロレーサーへの登竜門でもあった。

「すげえ……」

峠は好きだけれど、十七歳の高校生にとって、サーキットは遠すぎる場所だ。

「ふふ。よかったら……キミをお手伝いに連れてってあげる。もちろん夜のサービスこみでね。ところで……」

男女のバトルを終えてすっかりくつろいでいた肉茎に、有紗の手が届く。

「どうして日奈子の名前を知ってるのかしら」

あお向けになった和樹の膝のあいだに、するりと女体が滑りこむ。

「えっ」

夏の陽射《ひざ》しの真下なのに、背中が冷たくなる。

「そういえば思い出したわ。有紗ちゃんに会いに来たとき、かわいい男の子と知り合ったのよ、って日奈子が自慢してた」

うなだれた男根をぎゅっと握られる。

「どうやら、わたしに内緒で、バイク以外のテクニックも積んだみたいね」

有紗は髪をかきあげると、脱力した若肉に唇を寄せる。

「さて……どうやって白状させようかな」

有紗の舌が尿道口の周囲を這いまわる。

「あうっ、ああ……そんなっ」

柔らかくて唾液でたっぷり濡れた舌が、尿道口のくぼみをつつく。

「んふ……すごいわね。もう硬くなってきた。あん……また、とろってあふれてきた。とっても苦くって、濃い……うふ。おいしい」

じゅぽっ、ちゅぽっと音を立てて、尿道に残った精液まで吸いつくされる。

「はひ……ひああっ、強く吸わないで。気持ちいいのに、くすぐったいっ」

射精直後で敏感になっている亀頭はくすぐったさが増幅されて、下半身が溶けてしまいそうだ。

「待ってください。ひいっ、チ×ポを吸わないで。おかしくなる」

和樹は悲鳴をあげてしまった。

「いいわ。おかしくなっちゃいなさい」

頬をくぼませた有紗が潤んだ瞳で見つめてくる。

きゅぽうっと強烈なバキュームで海綿体に血液が流れこむ。

「ああん……口の中で起きあがってる。すてきよ……んあ……ぅ」

頬を亀頭のかたちにふくらませて、唾液たっぷりのフェラチオだ。

竿根に力が流れこみ、肉茎が一気に硬さを取り戻す。

若い和樹でも、二発の射精のあと短時間で再勃起するなどはじめての経験だ。

和樹の脳が桃色に染まって、腰が小刻みに震えてしまう。

「くううっ、有紗さん、また……すぐに出ちゃううっ」

有紗にはいくつもの顔がある。

クールであぶない伝説のライダー、箱根のクイーン。

童貞少年を大人にしてくれたのは優美な女豹《めひょう》みたいなお姉さん。

さっきは目を潤ませて悶えてくれた甘えん坊。

和樹が見たことのない、ナースとして仕事をこなす姿だって魅力的だろう。

「わたしのバイク仲間の日奈子や、知り合ったばかりのガンマの子にいたずらした、悪いおチ×チンを尋問するわよ……んふっ」

そして今は、年下の恋人を翻弄する女王様だ。

「誰の中がいちばん気持ちよかった？　ほら……こりこりしてあげる」

唾液のプールで亀頭を泳がせながら、爪を短く切った指が肉茎を滑り、根元の雄ボールを優しく握った。

セミの声が響く狭い公園に、じゅっぽ、じゅっぽと淫らな水音が加わる。

鼻の奥で火薬の臭いがして、腰がふわりと浮きそうになる。

「あううっ、出る……出ちゃうっ」

「出させないわよ。これは尋問なんだから」

射精の寸前に肉茎への愛撫が止まり、同時に陰嚢がきゅっと引っぱられる。

「ひっ」

陰嚢といっしょに尿道が絞られ、精液がせき止められる。

絶頂の寸前で、快感がゼロどころかマイナスになる。

「答えて、誰としたのが気持ちよかったのか」

長い黒髪をかきあげて、淫魔の微笑みを浮かべる。

「あーうっ、有紗さんです。有紗さんがいちばん気持ちいいっ」

有紗に合わせた口先の告白ではない。

クラスの委員長やドゥカティ乗りの女医、スポーツ女子の後輩に、はすっぱな走り屋の処女。けれど最高に気持ちよかったのは、目の前にいる年上美女だ。

「ふふ。よろしい。じゃあ……たっぷり出しちゃおうか」

大人の女ぶった演技は、有紗の照れ隠しだろう。

大胆に脚を開いた、西洋の彫刻みたいに完璧な裸像があお向けの少年をまたぐ。

細いウエストにしっかりした腹筋が浮いている。

紅色の肉扉がぱっくりと割れて、男女のミックス汁がとろりと屹立を染める。

有紗の指がびくびくと暴れる雄肉をうわむかせる。

ゆっくりと腰を落とす。姫口が亀頭に触れた。

「はうう、ぬるぬるです」

フェラチオも気持ちよかったが、有紗の膣肉の感触は格別だ。

とぷりと先走りが漏れる。

有紗が一気に腰を落とした。焦らす余裕もなかったらしい。

女のぬかるみに肉茎が包まれていく。

「あ……あん。和樹くんのおチ×チン、すごく……ぴったりよ」

黒革が似合う年上の恋人が、裸で乳房を揺らして悶える。

体温があがって、肌から湯気が立ちそうだ。

「くうう っ、ああ……気持ちいいです。すぐに出ちゃうっ」

寸止めフェラチオで追いつめられていた和樹も、腰を突きあげて応える。

「出して。いっぱい……わたしの中で気持ちよくなって」

有紗の腰がぐりぐりと回転して、肉茎を刺激する。

頭の中が、クイーンへの想いで満たされる。

なんて幸せな青春なんだろう。

「あううっ、有紗さん……好きです。愛してるっ」

うわずった声を聞いた瞬間、膣口がきゅうっと締まった。

「ふあ……あっ、きて。イッて。わたしも……いっしょに……あああんっ」

声を震わせる有紗の中心に向かって、雄肉が爆ぜた。

「あ……あああっ、有紗さん……有紗っ」

どっく。どっぷうっ。

情熱を濃縮した白濁を、恋人の奥に注ぎこむ。

「は……ひ、熱いっ、濃いの。ふあ……んんっ、わたしも……イクううっ」

騎乗位でのけぞった有紗の股間から、しゅわ……ちゅわっと温かい液体が漏れて、ふたりの結合部を濡らす。

「いやっ、漏らすなんて、恥ずかしい」

「うれしいです。有紗さんのおしっこ、あったかくて」

「だめよ」

射精を続ける和樹を、有紗は眉を寄せてにらんだ。

「してるときだけは……わたしのことを、有紗って呼びなさい」

唇を嚙んですねているけれど、膣道はひくひくと射精を受け止めている。

「はい。ええと……有紗、好きです」

太陽を背にして和樹にまたがっている生きた女神像がまぶしい。

その隣に、別の影が並んだ。

(えっ……誰だ)

幻かと思ったけれど、その影が白い歯を見せて笑った。

「バトル直後にエッチかよ。とんでもないやつだな」

茶髪の少女が呆れている。

「えっ、ええっ、ちょっと、どうして」

焦る和樹を、奥多摩ピンキーのリーダー、安里が楽しそうに見おろす。

革ツナギの上半身を脱ぎ、チームのピンク色のトレーナーを腰に巻いている。

「本気で回したガンマの燃費の悪さをなめんなよ。バトルが終わったら、ガス欠だよ。惰性で楓ラインをくだってきたら、おまえのRZが停まってた」

どう反応していいかわからず、和樹は騎乗位でつながった有紗を見あげる。

「すげえよ、おまえ。尊敬する」

目の前で裸の男女が騎乗位でつながっているというのに、安里は気にもせず、うれしそうに腕を組む。

「ガチのバトルのあとで、クイーンさんと激しくヤレるなんて。だって、バイパスのパーキングで二回も精子を……」

「わああ、待って」

安里が赤裸々に語りそうになるのを、和樹はあわてて制する。

(まずい。有紗さん、怒っているだろうに)

和樹にまたがっている有紗の顔色を下からうかがう。

だがクールな箱根のクイーンは目を見開いて、安里ではなく自分の正面、和樹の死角を凝視していた。

「有紗ったら、すっかり夢中でわたしが来たのもわからなかったのね」

有紗でも安里でもない、第三の女の声が頭の上から聞こえた。

和樹は首を思いきり反らせて声の方角を向く。

ウエーブした栗色の髪をかきあげたのは、雨の箱根で出会い、露天風呂で混浴したドゥカティ乗りの女医だった。

「待って、どうして日奈子が」

有紗が真っ赤な顔になっている。面食らったのは和樹も同じだ。

「あら、だって奥多摩でピンキーのみなさんに会ったとき、今日いっしょに走るって約束していたでしょう。わたしも見学に来ていたの」

公園入口の対向車線に、イタリアンカラーのパンタF1が停まっていた。

日奈子は純白のレザージャケットにジーンズというツーリングのスタイルだ。

「ゆっくり来たとはいっても、ドゥカティの音も聞こえないくらいセックスに夢中になるなんて。まったく……妬《や》けちゃうわね」

日奈子の視線が和樹に向く。

（まずい。日奈子さんとヤッたのか、疑われてたばかりなのに）

有紗から、この上品な女医との関係を白状しろとに責められていたところだ。

だが騎乗位のまま固まったふたりの脇にかがんだ日奈子の手は、和樹には予想できなかった場所に向かった。

「あ……あんっ」

騎乗位でつながった有紗の乳房を包むと、やわやわと揉んだのだ。

「和樹さんにたっぷり吸われて、痕《あと》になっているじゃない。いやらしい」

「あっ、あ……ああん、だめっ、和樹くんに見せつけないで」

同性に裸の乳房を触られて、有紗はせつなげに上体をくねらせた。

「唇から精液の匂いがするわ。ほら、もっと口を開けて」

柔和なレディのような日奈子が、有紗に対しては女王様モードだ。

「ん……ああ、はあん……っ」

黒豹みたいに凜々しいはずの有紗が、子猫みたいに甘えた声を出す。

（ひょっとして、日奈子さんと有紗さんって、そういう関係……）

和樹は驚いた。だが嫉妬したり混乱したりする前に、頭上で繰りひろげられるレズビアンプレイに魅惑される。

「あっ、お姉さんたち、こいつ、めっちゃ大きくしてますよ」

土で汚れるのもかまわず騎乗位の結合部に顔を伏せた安里が歓声をあげる。

「あらあら。若いってすてきね。でも、和樹さん、安心して。わたしと有紗ちゃんは恋人というわけじゃなくて……そうね。お互いに忙しくて、ストレスを解消し合っていたようなもの。だから和樹さんは、気に病む必要はないのよ」

日奈子が和樹に向ける視線はあくまで優しい。

「有紗ちゃんは昨日、わたしに告白してきたの。大好きな年下の男の子ができたって。連絡先は知らないけれど、今日なら会える気がするって」

この幸せ者、と言いたげに日奈子が和樹に笑いかけた。

「でも……和樹さんが知らない、有紗ちゃんの秘密はもっとたくさんあるのよ」

日奈子の指が、つうっと有紗の首すじを滑ると、クールな箱根の女王があんっと吐息を漏らす。

「ううっ、お姉さんたち、めっちゃエロいです」

女どうしの行為に目をまるくしていた安里が意を決したように立ちあがると、黒いTシャツとブーツを脱ぎ捨てた。スポーツブラは乳房の谷が汗で濡れている。革ツナギをきしませ、情緒などかけらもないストリップだ。

「おい、なんのつもりだよっ」

和樹には安里が全裸になった理由がわからない。

「おまえもクイーンさんの秘密って、もっと見たいだろ。あたしもだよ」

えへへっと笑った安里は、仰臥していた和樹の肩をうしろから起こす。

目の前には、同性の愛撫を受けてぷっくりとがった有紗の乳頭がある。

和樹は花に誘引されるミツバチみたいに、有紗の乳房にしゃぶりつく。

「んんっ、ああっ、だめ……和樹くんっ」

男女から乳房を責められた有紗が頬を赤く染め、閉じたまぶたを震わせる。

「下からも手伝ってやるよ。クイーンさんの身体を研究だ」

「くうっ、キンタマが……気持ちいいっ」

有紗を貫いた肉茎のつけ根に新たな刺激が加わった。

すっかり空になったと思っていた睾丸《こうがん》を、安里が五指で転がしている。

「ああん……和樹くん、大きくなって……あああっ」

安里の嬌声が公園に響く。

バトルの第二ステージがスタートした。今度は混戦だ。

エピローグ

「暑いわ」

鈴鹿サーキットから二十分ほどの民宿は冷房どころか扇風機すらない。

二十畳ちかい広間の真ん中、敷布団から長い脚を出した有紗が、はあっとため息をついて、枕元に置いたアルマイトのヤカンから麦茶をコップに注ぐ。

「そりゃ暑いですよ。みんなは二時間前に起きてます」

和樹は民宿の軒下にタオルを干しながら、黒いタンクトップと水色のガーゼ生地のホットパンツだけという無防備な姿の恋人に目をやる。

「あ……もう八時なんだ」

長い黒髪をくしゃっとかきあげて、有紗はゆっくりと立つ。

「僕は三時間前に起きてますよ」

一九八七年。盛夏の鈴鹿だ。すでに日光が木造の民宿を茹でている。

「今日の走行枠は十一時から一本だけですよ。遅刻しないでください」

四時間耐久の決勝まで、あと五日しかない。

有紗は予選を通過できるか、ぎりぎりのタイムしか出せていないのだ。

「大丈夫よ。わたし、本番には強いから。でも、和樹くんはずいぶん早いのね。サーキットに行く日じゃないのに」

「ヘルパーはライダーよりも忙しいんですよ」

和樹はTシャツとジーンズにエプロン姿で、まるで民宿のアルバイトだ。女性ばかりのレーシングチームで唯一の男性ヘルパーだと格好をつけても、裏方仕事ばかりだ。

六人分の洗濯物を干すだけで重労働だ。

第一ライダーの有紗の下着はスポーティだからすぐわかる。

「おーい、有紗姉さんは起きたかよ」

第二ライダーの安里が部屋の扉を蹴破る勢いで現れた。

「うん。とっくに起きてた」

「明らかに嘘ですよね。髪が爆発してますよ。昨日、あんなに大騒ぎするから」

早朝ランニングをこなしてきたらしい。髪をヘアバンドでまとめ、汗でぐっしょりのTシャツとジョギングパンツ姿だ。

奥多摩ピンキーのリーダーは、有紗からペアを組んで鈴鹿四耐に出ないかと誘われると、二秒も考えずにぜひぜひと承諾した。

安里は東京の有名な弁護士の家の娘で、お嬢様学校に通う三年生だった。エスカレーター式の大学への進学も決まり、峠遊びにはまっていたらしい。

とはいえ、下着の趣味は微妙だ。不良ぶった令嬢のくせに、いざ本気でタイムアタックをするときには、ジンクスみたいにお気に入りの猫のキャラクターのパンティじゃないといやだとうるさい。

「まったく……大騒ぎしたのは安里ちゃんじゃない」

安里のうしろから顔を出したのは、チーム監督の日奈子だ。

練習走行の前にバイク雑誌のインタビューがあるからと、すでにメイクは完璧、糊《のり》の利いたシャツに細身のパンツ、黒のパンプスで固めている。

(昨日は、有紗さんといちゃついてたら、安里が布団に潜りこんできたもんな)

有紗が勃起に手を伸ばす前に、安里がいきなりしゃぶりついてきた。

それを合図にしたみたいにほかのメンバーも加わって、和樹は朝までほとんど眠れなかった。

日奈子だって「監督はライダーふたりと違って体力を温存しなくていいですか

ら」と和樹にまたがって、ナマ射精を求めたのだ。

今はしれっと「四耐で唯一のオール女性チーム」の監督としてすました顔をしているが、昨晩、ペニスを独り占めして射精を受け止めたのは日奈子だ。

民宿の外、駐車場から爆音が響いてきた。

ホンダのV型エンジンのサウンドは独特だ。同じ四気筒でも並列エンジンのすんだサウンドとは違ってこもるような排気音で、牛の鳴き声にも似ている。

エンジンのチェック中、数分間はうるさくて会話もできない。

やがて静かになり、女子の合宿所みたいな部屋の外に、砂利を踏む足音が近づいてきた。

「今日は気温が高くなります。パワーは出ないし、タイヤは溶けるし、最低ですね。しかも和樹くんは昨日、私に指一本触れなかったし」

窓から顔を出したのは、トレードマークの赤い布ツナギを着たクラスの委員長、理佳だ。黒フレームのメガネをくいっと持ちあげた。

チームのメカニックが得意げな笑みを浮かべる。

改造範囲の狭いSP400クラスの中で、トップクラスのF3クラスに匹敵するストレートでの最高速を記録した自信のあらわれだ。

合理主義の理系女子は、自分が改造してきた2サイクルのAR80とは違い、はるかに部品点数が多くて複雑な4サイクルで、しかも独特のメカニズムが多いV型四気筒には大きく手を入れず、パワーアップではなく、足まわりや駆動系のフリクションを徹底して減らした。それが功を奏したのだ。

「これで今日、いいタイムが出なかったライダーの腕が悪いですね。おふたりの体重差を考えて、リヤはちょっと硬くしてますし」

地元鈴鹿の古参メカニックに腕を褒められて以来、すっかりプロきどりだ。

「だから和樹くんは、今夜は私に陰茎を使うべきですよ」

いきなりの宣戦布告に、背後で有紗が麦茶を噴き出しそうになった。

「ちょっと、わたしの恋人を勝手に使わないで」

「はい。でも昨日は日奈子監督、一昨日《おととい》は安里先輩、その前が有紗さんで、さらに前が茜ちゃん……ローテーションでいうと私の番ですよ」

布ツナギのポケットからセッティングノートを出して読みあげる。

「なによ、ローテーションって。四輪のタイヤじゃないんだから」

有紗が肉食獣の目になって、空気の読めない理系委員長をにらむ。

「まったく……最近の高校生ときたら」

「高校生組といえば……茜はどこに」

和樹は妙な空気をもとに戻そうとする。

幼なじみの後輩、茜は和樹たちが四耐に参戦すると聞いてキャンギャルをやりたいと言い出した。あたしのハイレグは超セクシーだよ、とアピールしたのだ。

現役女子高生のハイレグ姿は注目を集め、サーキットでの練習中にもカメラを持った人々が集まってくる。

ソフトボールで鍛えた身体には女性にも人気で、なにやら芸能プロダクションからスカウトされたと自慢していた。

「茜ちゃんなら、めちゃくちゃエロい下着を買ったって自慢してたぞ。なんか穴がすげえやつ。さっき着がえに行った。すぐに戻ってくるよ」

安里が部屋に入りながらTシャツを脱ぐ。たぷんっと揺れるバストと大きめの乳輪は十代の女子高生のくせにいやらしい。和樹は一秒で勃起した。

「じゃあ……九時に出るとして、二十分リミットで楽しみましょうか」

オイルで汚れた布ツナギのファスナーをおろした理佳が、ためらいもせずに窓枠を乗り越えてくる。

淡いイエローのかわいらしいブラジャーが見える。

「そうね。あわただしいけれど……チームの和は大切だわ」

日奈子はシャツを脱いで丁寧にたたんだ。ワインレッドのブラジャーが大人だ。

「もう……仕方ないんだから」

有紗はブラジャーをしていなかった。タンクトップを脱ぐと、いきなりの美乳。ピンクの乳頭がつんとがっている。

部屋の外から、廊下をぱたぱたと走ってくるスリッパの音が聞こえた。

「ああっ、やっぱりヤッてる。抜け駆けはずるい」

黄色いハイレグ水着の茜が乱入してきた。

部屋に飛びこむやいなや、きつい水着を器用に脱いで、一瞬で全裸になる。

広い部屋に、五人の女の発情フェロモンが重なっていく。

「ちょっと待って。僕にも心の準備が」

悲鳴をあげた和樹に、十本の手が襲いかかり、瞬時に服を奪ってしまった。

「うふ。もうこんなに大きくしてるくせに」

そう笑ったのは、誰だったろうか。

※この作品は「新鮮小説」（コスミック出版）に掲載された「黒革ヒップを追え！」を改題のうえ大幅に加筆・修正し、文庫化したものです。

初出一覧

伝説の尻　「新鮮小説」二〇二二年十二月号
ゼロヨン委員長　「新鮮小説」二〇二三年二月号
湯けむりホワイト・レディ　「新鮮小説」二〇二三年四月号
制服タンデムの体温　「新鮮小説」二〇二三年六月号
激辛！　走り屋レディース　「新鮮小説」二〇二三年八月号
（「レモン色の走り屋少女」に改題）
生ヒップ頂上バトル　「新鮮小説」二〇二三年十月号

紅
beni
紅文庫

黒革ヒップを追え

綿引《わたびき》 海《うみ》

2024年 1月 15日　第 1 刷発行

企画／松村由貴（大航海）
DTP／遠藤智子

編集人／田村耕士
発行人／長嶋博文
発売元／株式会社ジーウォーク
〒 153-0051 東京都目黒区上目黒 1-16-8 Yファームビル 6F
電話 03-6452-3118
FAX 03-6452-3110

印刷製本／中央精版印刷株式会社

ISBN978-4-86717-655-9

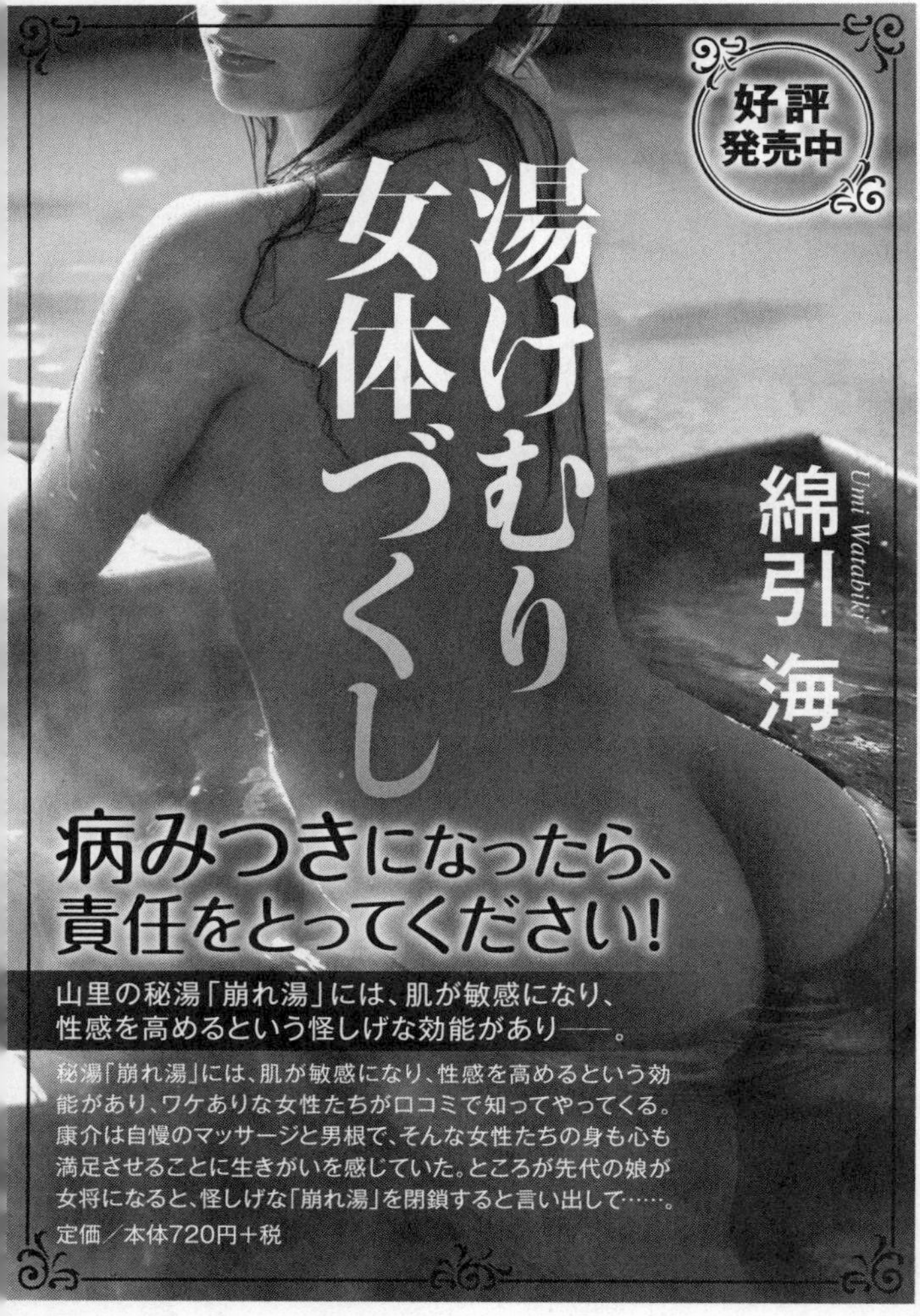
好評発売中
湯けむり女体づくし
綿引海
Umi Watabiki
病みつきになったら、責任をとってください！
山里の秘湯「崩れ湯」には、肌が敏感になり、性感を高めるという怪しげな効能があり——。
秘湯「崩れ湯」には、肌が敏感になり、性感を高めるという効能があり、ワケありな女性たちが口コミで知ってやってくる。康介は自慢のマッサージと男根で、そんな女性たちの身も心も満足させることに生きがいを感じていた。ところが先代の娘が女将になると、怪しげな「崩れ湯」を閉鎖すると言い出して……。
定価／本体720円＋税

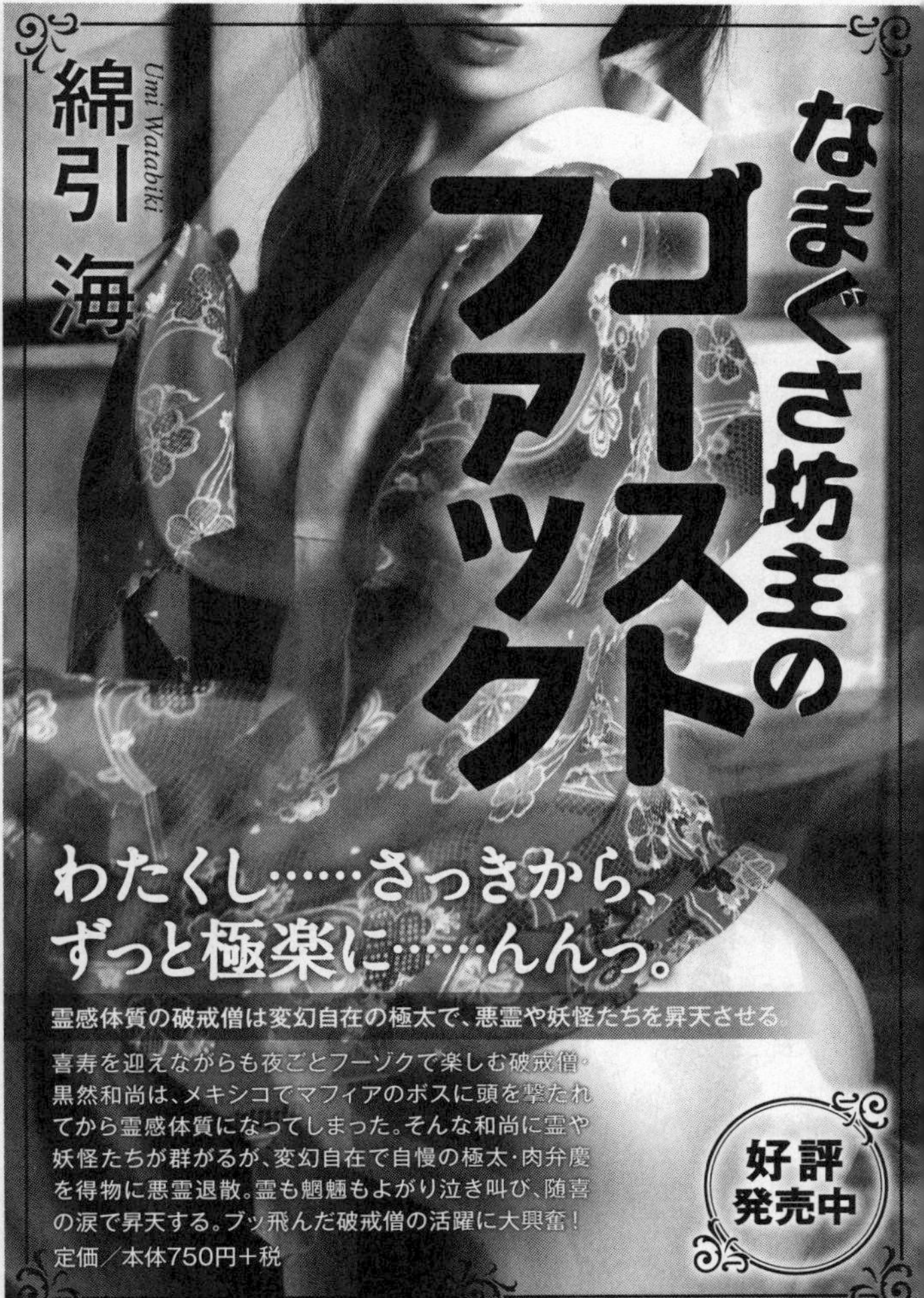
なまぐさ坊主のゴーストファック
綿引海
Umi Watabiki
わたくし……さっきから、ずっと極楽に……んんっ。
霊感体質の破戒僧は変幻自在の極太で、悪霊や妖怪たちを昇天させる。
喜寿を迎えながらも夜ごとフーゾクで楽しむ破戒僧・黒然和尚は、メキシコでマフィアのボスに頭を撃たれてから霊感体質になってしまった。そんな和尚に霊や妖怪たちが群がるが、変幻自在で自慢の極太・肉弁慶を得物に悪霊退散。霊も魍魎もよがり泣き叫び、随喜の涙で昇天する。ブッ飛んだ破戒僧の活躍に大興奮！
定価／本体750円＋税
好評発売中

花園まつり
霧原一輝
Kazuki Kirihara
ああっ、
もうこれ以上は無理……
ゆるゆると握り、そっとまたがり、覚悟を決めて沈み込む
泥酔した功太郎は、気がつくとモノを手に、しげしげと見つめる部長の玲子とベッドの上にいた。ウタマロを活かして社内で組むことを命じられ、転機が訪れる。化粧品会社としてどうしても離せない女性顧客たちの細長い漆黒の翳りの底で、極太の長さ二十センチがひろげたのは、小さな蜜口だけではなく人生だった！
定価／本体750円＋税
紅文庫
最新刊